― 書き下ろし長編官能小説 ―

ひめごと新生活

北條拓人

竹書房ラブロマン文庫

目次

この作品は、竹書房ラブロマン文庫のために
書き下ろされたものです。

序章

「やばっ！　お隣りに越してきた奥さん、すっげぇ、美人……！」

自室の玄関ドアの内側に体を滑《すべ》り込ませた浦島瑛太《うらしまえいた》は、今しがた垣間《かいま》見た女性の横顔にうっとりとため息を吐《つ》いた――。


明日から新年度がはじまるという三月末の日曜日。コンビニに昼飯を買いに出た瑛太は、マンションの玄関前に大きなトラックが停まっているのに目を留《と》めた。

「おぉっ！　新しい入居者か？　久しぶりだなあ……」

春ともなれば、あちこちで見られる引っ越し風景も、自分のマンションでそれを目にすると別の感慨が湧く。それもそのはず瑛太には、このところずっとマンションのことで重苦しい不安が付きまとっていたからだ。

瑛太が住むマンションの一室は、両親が遺《のこ》した唯一の財産だった。とはいうものの築四十年を経過した建物には、あちこちに不具合が出ている。

大規模修繕《しゅうぜん》の必要性を誰もが認める状況にあっても、巨額の費用がかかるだけに住民二十八世帯の意見は容易にはまとまらない。結果、徒《いたず》らに日々が過ぎ、ついには沈みゆく船を見限るように、目端《めはしき》の利く住民から順に引っ越しはじめてしまった。業者から耐震構造に問題ありと指摘されている上に、元々、最寄り駅からも遠く利便性に乏しいとあれば、それに拍車がかかるのは当然のことだろう。

結果、年金暮らしの年寄りや自分のように行く当てのない住民ばかりが残された。

そんなマンションに、新たな入居者が現れたのだから、多少の驚きと安堵の想いが胸に去来して当然だ。

「取り残されていくような寂《さび》しい気分だったものなあ……」

新たな住民ができたからといって建物への不安が解消できるわけではない。けれど、きっとそれはいいことに違いないのだ。

春のポカポカ陽気もあり、何となく胸まで温かくなるのを感じた。

コンビニから帰ると、さらに瑛太は驚いた。

引っ越し業者が荷物を運びはじめた先が、ちょうど自分の隣の部屋だったからだ。

自室のカギを開けながら、荷物が搬入されるドアの奥を悪気なく覗《のぞ》いた。

　すると屈強な業者たちに交じり、年若く美しい女性がひとり。しかも彼女は瑛太の姿を認めると、ぺこりとお辞儀をしてくれたのだ。

　ずきゅんと心臓に矢が突き刺さる音を確かに聞いた。その可憐な微笑《びしょう》に、ドギマギしながらもぎこちなく礼を返し、瑛太は慌てて自室に引っ込んだ――。

「美人だ！　すっげえ美人だ……！　綺麗《きれい》で可愛らしくて……。あまりに眩《まぶ》しくて後光が差しているみたいだったぁ……」

　遠目にチラリと垣間見ただけでも、整っていると認識できるほどの美貌《びぼう》。それも冷たい美しさではなく、あどけなくも愛らしさを残した美人。年若い印象ではあったが、滲《にじ》み出る雰囲気から恐らくは人妻。新婚夫婦でも越してきたのだろう。

「新妻か。いいなあ……。俺にもそんな人、現れないかなあ……。そもそも彼女いない歴、何年になる？」

　はじめも最後もなく、つきあった女性は学生時代の一人きり。瑛太は現在二十五歳になるので、五年近く恋をしていない。

　社会人も四年目を迎えると、忙しい中でも彼女を作るくらいの余裕は生まれる。社内に気になる女性もいないではないが、自分に自信を持てないせいか相手を誘う勇気を持てない。

その最大の理由が、持ち物が短小包茎であること。思春期の少年じみたコンプレックスが中二病とシャイな性格をこじれさせたといったところか。

短小包茎といっても性交ができないほど矮小なわけではない。平均サイズに二～三センチ足りない程度。けれど、当事者にすると、たかが三センチされど三センチなのだ。

「あぁ、いいなあ。俺も新妻欲しいなあ……。あんなに可愛くて綺麗な人が妻になってくれたならいくらでも頑張れるのに……。夜の営みだって、夜ごと一晩中……」

サイズとは対照的に、精力だけは絶倫と呼べるほど有り余っている。その性欲には早熟《そうじゅく》にも十歳を過ぎた頃には、もう悩まされていた。二度三度と放出してもムラムラが収まらず、日に七度射精することも希《まれ》ではない。

学生時代、唯一の彼女に振られたのも盛りの付いた犬の如く、その肉体を求めたせいだった。

「私のカラダが目的なのでしょう？」

肉体的に相手を悦《よろこ》ばせていれば、過剰に求めても愛想を尽かされることはないと思い込んでいたのは、ＡＶや官能小説に毒されていたせいか。

ただでさえ雄として自信の乏しい瑛太が、草食男子さながらに大人しい男になったのは、そんな過去が影響している。

もっとも心に傷を負ったからといって去勢されたわけではなく、相変わらず持て余した精力に、性犯罪に走らずに済んでいるのが我ながら不思議なほどだ。そのため未だ、朝夕に自慰を欠かせぬ虚《むな》しい毎日が続いている。

今朝も日課の自慰を済ませてあるのに、美人妻を相手にする甘い妄想が浮かび、またぞろ下腹部に血液を集めている。

「仕方がないよ。あんなに魅力的な人妻が隣に越してきたのだから……。まじ、たまんない。今日のおかずに決まり！」

脳裏に焼き付いたその美貌を思い浮かべながら、強張《こわば》るズボンの前に手を触れる。

他人棒より短いとはいえ、頑《かたく》なな強張りは強烈な熱を孕《はら》み、煮えたぎる精を吐き出したいと疼《うず》きまくる。

とはいえ、玄関先で擦《こす》るわけにもいかず、瑛太は履いていた靴を脱ぎ捨て、このまま寝室に直行することにした。

そこに、ピンポーンと間の抜けたインターフォンの音。

その音色は、部屋の玄関脇に設置されたドアフォンのものだった。

マンションの玄関と連動するセキュリティシステム同様、居間に設置された親機で受けるものだが、まだ玄関先にいる瑛太が、わざわざ居間に向かって通話を受けるのも面倒くさい。結局瑛太は少し大きめの声で「はい」と返事をしながら、今一度玄関ドアに体を向けた。

「あのぉ……。隣に越してきたものですけど、ご挨拶したくて……」

瑛太の返事に、ドアの向こう側から可憐な声が応じる。

「あっ！　ちょっち、待ってください。いま開けます」

不埒《ふらち》にもおかずにしようとしていた本人がドアの向こうにいる。焦《あせ》りに言葉を噛《か》んだことにも、さらに動揺を誘われる。

靴も履かぬまま玄関のたたきに降り、掛けたばかりのカギを大急ぎで逆に捻《ひね》ってドアを押した。

刹那《せつな》に、ふわりと潮の匂いを嗅いだような気がする。それも一瞬のこと、脳裏に焼き付いたのと寸分たがわぬ美貌に目も心も奪われた。先ほど垣間見た時とは比べ物にならないほど近くに、彼女が佇んでいたのだ。

美人妻は一人で挨拶に来たらしく、背後にも夫の存在は見当たらない。

彼女を人妻と推察する根拠は、こんな老朽化したマンションに好んで一人暮らしをしたがる女性などいないであろうことと、彼女にエプロン姿が眩《まばゆ》いほど似合っていることだ。

ダメージ風ニットの上に着けた可愛らしいフリルの付いたエプロンは、間違いなく新妻のそれにしか見えない。

「あ、えーと。ど、どうぞ……」

こんな時、どうすればいいのか瑛太にはよく判らない。それは相手が飛び切りの美女だからばかりでなく、これまで引っ越しは見送るばかりで、越してきた人から挨拶を受けるのは初めてだったからだ。

ドギマギしながら瑛太は、占有していたドアの前のスペースから退《しりぞ》いて、玄関の中に彼女を招き入れた。

わざわざ挨拶に来ていただいて、廊下で立ち話というのも失礼な気がしたのだ。さりとて、それが礼儀に適《かな》ったやり方なのか、そもそも人妻らしき女性を玄関先とはいえ男やもめの家に引き入れてよいものかも判らない。

けれど、その人は何の躊躇《ためら》いもなく、優美にその身を玄関ドアの内側に入れた。

「失礼します」

やさしい響きの声は、どこまでも甘く瑛太の耳を蕩《とろ》かせてくれる。

引っ越し作業が一段落したのだろう。先ほどまでの物音が、シンと静まっている。お陰で瑛太の心臓のバクバク音が、彼女の耳にまで届いてしまいそうだ。

「私、隣に越してきた波野彩音《なみのあやね》です。これからいろいろとお世話になると思いますので、よろしくお願いします」

美しい所作で丁寧に頭を下げる彩音に、瑛太はすっかり魅《み》せられた。

遠くから垣間見ただけでも美しいと感じていたが、手が届くほどの至近距離で目《ま》の当《あ》たりにすると、さらに凄まじく、殺人的な美しさなのだ。

（き、綺麗だぁ……。それになんて可憐なんだ！　美しい上にカワイイだなんて……。こんなに素敵な女性、見たことないぞ……！）

いまどきの若者である瑛太だから若い女性は見慣れている。学生時代にもそれなりにカワイイ女性や美しいおんなは見かけた。社会人になってからも、大人の女性から若さ弾《はじ》ける女の子まで、どこかで知り合いになったり、お目にかかったりしてきたつもりだ。

もっと言えば、瑛太が住んでいるのはれっきとした大都会であり、知り合いならずとも電車や路上などで美しい女性とすれ違うことなど日常的にある。そうでなくとも、ＴＶや映画、雑誌などで、女優やアイドル、モデルなどあまたのおんな達を目にしている。にもかかわらず、そのどの記憶を遡《さかのぼ》ろうとも目の前の彩音に勝る女性が思い浮かばない。

目はくりくりっとして大きく、わずかに左右の狭間《はざま》が広い。くっきりとした二重《ふたえ》に彩られ印象的なことこの上ない。

大げさに言えば、小顔の大半をこの目が占めていると思えるほど目力が強い。黒曜石を連想させる黒い瞳が、深い湖の如く澄んでいて、じっとその眼に見つめられるとその深淵に吸い込まれてしまいそうなほど。

鼻梁はやや長めで、鼻背部から心持ち反《そ》るように流れてから、鼻先にかけてぎゅんと盛り上がるように高くなっている。鼻腔が小さく、鼻翼も広がっていない分、愛らしさも感じさせている。

口はやや大きめであろうか。唇がぽちゃぽちゃといかにもやわらかそうで、ぷるるんとボリューミーだ。

上唇がM字型をキュートに形成していて、見ているだけでドキドキしてしまう。見た目にもセクシーにつやつやと潤《うるお》って、思わずキスしたくなる唇とはこういう口唇を言うのだろう。

それら繊細なパーツが小顔の中に、セクシーな大人っぽさとコケティッシュな可愛らしさが同居するにはこれしかないという絶妙さで配置されている。

まさしく奇跡の美貌の持ち主が隣に越してきた上に、丁寧にも頭を下げてくれているのだから、瑛太ならずともポーッとならない方がおかしい。

「あの……」

あんぐりと口を開けたまま呆然とする瑛太に、穏やかな笑みが小首を傾《かし》げながらこちらの対応を促《うなが》してくる。

恐らく、男がこんな反応を示すことに彼女は慣れっこなのだ。微塵《みじん》も怪訝《けげん》な表情を見せず、やさしい微笑を絶やさないところがその証拠だろう。

「あっ……。あ、あの。俺、じゃなくて、僕、浦島瑛太といいます。二十五歳独身です。食品会社で商品開発をしています。けっ、決して怪しいものではありません」

卑屈になるつもりはないが、彼女に怪しい男と思われるのも嫌だった。その思いがそのまま、口を吐いて出てくるのだ。

「怪しいだなんてそんな……。ああ、それにしても、浦島さんだなんて……。なんて素敵な偶然なのかしら……。奇跡って本当にあるのですね」

身長一六九センチの瑛太よりもわずかに低い程度。推定一六五センチの痩身が、自らの女体を両手で抱くようにして、細腰からキュッと捩《よじ》られた。

瑛太には、何が奇跡的で、彼女が身を捩るほど感激したのか判らない。けれど、その眺めこそ奇跡的だった。

媚女《びじょ》のスレンダーな肉体は、四肢がすらりと長いうえに、卵形の顔はとても小さく、首が細いからひどく均整がとれている。

瑛太などは、その姿を目にするだけで勃起《ぼっき》してしまう悩殺のプロポーションだ。

しかも、彼女の肉体は痩身であっても痩せぎすでなく、適度な肉付きをしている。

ダメージ風ニットの上の白いエプロンに、美麗な女体のラインは辛うじて隠されていたが、括《くび》れ腰をきゅっとひねらせた途端《とたん》、その優美なカラダの流れが明らかとなり、一気に瑛太を懊悩させた。

ただでさえ膨《ふく》らませていたズボンの前が痛いほどに強張り、痺《しび》れすら感じている。

普通サイズより小ぶりとはいえ、それでもあからさまな欲望を秘めた股間は目立つのだろう。すっと彩音の視線を、そこに感じる気がした。

「まずい！」と思いはしたが、だからといって意志の力で股間の暴走を止められるものではない。かといって彼女の手前、手で隠すわけにもいかない。

「あの。瑛太さん……。もしかして、彩音に反応してくれたのですか？」

彩音の頬《ほお》にさっと朱が差したのもつかの間、ボリューミーな唇が予想もしない言葉を口にした。

「だとしたら責任をとらなくちゃです。お引越しのご挨拶代わりも含《ふく》めて……」

言いながら優美な女体がさらに足を踏み出した。急速に距離を詰めた彩音から、得も言われぬ甘く切ない匂いが押し寄せる。有り余るフェロモンがそのまま漏《も》れ出しているような、そんな香りが怒涛《どとう》の如く瑛太のもとに押し寄せた。

「えっ、あっ、責任って……。彩音さん？」

戸惑う瑛太にもお構いなしで、さらに彩音がその女体を近づけてくる。気づくと、ほぼゼロ距離に美貌があった。

「緊張しないでください。力を抜いて。何も考えなくていいのです……」

五センチほどの身長差に、見上げる彩音の色っぽい眼差《まなざ》し。

漆黒の瞳が妖しく潤《うる》んでいる。そのたまらない蠱惑《こわく》、強烈なセックスアピールに、男なら誰しもが息を呑むことだろう。

白魚《しらうお》のような長い手指が、いきり立つ強張りに、そっと被《かぶ》せられる。

「あん。やっぱり、こんなに硬くなっている。さっき、おかずにって聞こえちゃいましたけれど、あれももしかしたら私のことだったのかしら？」

いくら古くとも、そこはマンションの壁であり、声が筒抜けになることはないはず。

だからこそ安心して言葉にしたのだが、どうやら彩音は相当に耳がいいらしく、丸聞こえだったようだ。

「あっ、いや。えーと……。はい。すみません。白状すると彩音さんのことです。彩音さんがあんまり美しすぎて……だから……でも、あまりに不謹慎でした」

「あん。謝らないでください。私、うれしかったのですから……。まだまだ男の人の目を引き付けられるんだって自覚させてもらえて……」

見上げる頬が、さらに紅潮の度合いを強めている。清楚でありながら危うい色香を放ち、まるで発情しているかのよう。

（うわあああああ、か、カワイイ！）

上目遣《うわめづか》いも麗《うるわ》しく、悶絶しそうなほどのセクシーさ。ふっくらとやわらかそうな唇などは、少し角度を変えてしまえば口づけできてしまいそうな位置にある。

しかも、白いエプロンをふっくらと盛り上げるふくらみが、やわらかく瑛太の胸板にあたっているのだ。

「あ、あの。ヤバいです！　あ、彩音さんのおっぱいが、あ、あたっています！」

「ヤバくなんてありません。あえて味わわせてあげているのですから……。どうかしら、やわらかいでしょう？」

やわらかいどころではない。ふわふわでホイップクリームの如き風合い。それでいて心躍る弾力《だんりょく》もあって、かつて触れた何と比べても、これほどに魅力的で男心を刺激する物体を思いつかない。

(ああ、どうしよう。なんて色っぽいんだ。本気で惚《ほ》れてしまう!)

体の奥がカッカと熱くなり、下腹部がムズ痒《がゆ》くてしかたない。

彩音の魅力に、体が素直に反応している。

瑛太の股間にあてがわれたままの掌《てのひら》が、まるでその官能をやわらかく揉《も》みこむかのようにあやしてくれるのも堪《たま》らなかった。

気づけば、暴発寸前にまで肉茎《たけ》は猛り狂い、気が変になりそうだ。

「気持ちよくなってくれているのですね。うれしいっ! 遠慮せずに、いっぱい気持ちよくなってくださいね……。イキたくなったら射精《だ》しても構いませんよ」

細く長い人差し指が、なおもズボンの膨らみをなぞっていく。その豊麗な女体が、さらに瑛太に擦り付けられた。

「あうう、そ、そんなこと、あ、彩音さん……」

余裕など微塵もなく、自分が彼女を名前で呼んでいる自覚もない。

「勘違いしないでくださいね。私、こんなこと誰にでもするようなおんなではないのですよ……。素直そうな瑛太さんだから、その気になったのです」

何かを訴えるような瞳が、こちらをまっすぐに見つめてくる。

自分に自信を持てないだけに、惚れられたなどとは思わないまでも、漆黒の瞳の奥を真実でも探すように覗き込んでしまう。途端に、海の奥底を覗いたように、見ているだけで吸い込まれそうな気分になった。

「ああああ、あ、彩音さん！」

心地よい弱電流が全身を駆け抜け、甘い陶酔が頭を溶かす。

「こんなに大きくしてしまって、いけない人です……」

「あううっ……彩音さん……。本当はそんなに大きくないのです。俺なんて並以下で……うぅっ！　でも、いつもより大きくなっているとしたら、それはやっぱり、彩音さんみたいな美人にしてもらっているから……ぐわあぁぁっ！」

他愛もなく感じてしまうのが何とも気恥ずかしい。けれど、彩音の魅力には抗《あらが》えず、ついにその女体をぎゅっと抱きしめてしまった。

「あん！」

デコルテラインにかかるセミロングの髪からも、うっとりするような匂いが漂《ただよ》ってくる。彩音の存在そのものが、瑛太を官能に蕩かすのだ。

「いけない。つい腕に力が入ってしまって……。苦しいですよね？」

「いいのですよ。強く抱き締められるの嫌いじゃありません……。ああ、なんだか彩音もいけない気分になっています。あんまり瑛太さんが素直に反応してくれるから、可愛らしくて母性本能を刺激されるみたいです……」

むずかる瑛太の様子にほだされてか、彩音も女体を火照《ほて》らせているらしい。

その美貌には、発情興奮の色とはまた別の、乙女の恥じらいも加えられている。心もち女体から発せられる熱が上がった気がする。

「ぐふうう、彩音さん。き、気持ちいいです……。ああ、気持ちいい……っ！」

甘える子供のように彩音の首筋に頬を寄せ、疼く喜悦を伝える。

正直に言葉にするのは恥ずかしいが、その方が彩音に悦んでもらえる気がした。

「うれしいです、上手《うま》くできているか不安ですから……。でも、もっと気持ちよくなって欲しいです。それってズボンの上からではムリですよね……」

確かに、彩音の奉仕に、もどかしさを感じるようになっている。

射精したくとも、そこまでの快感にまで届かず、まるで蛇の生殺しにあっているよう。それを敏感に察知したのか、白魚のような手指が、ジジジッと瑛太のズボンのファスナーを引き下げた。

「うおっ、あ、彩音さん！」

「うふふ。では、まいります。精一杯の愛情を瑛太さんに……」

ほっそりとした手指が、するりとズボンの前にできた穴を潜《くぐ》り抜ける。さらには、もぞもぞと手探りして、パンツの窓も抜けていった。

「ぐむぐぅっ！」

すべすべした女性の手の感触。ひんやりしている上に、しっとりとした掌に肉塊を収められ、思わず奇声をあげそうになる。慌てて口をつぐみ、漏れ出そうとする声を喉《のど》奥に押し込んだ。

誰憚《はばか》ることのない瑛太の部屋とはいえ、ここは玄関先であり防音は完ぺきではない。事実、先ほど彩音をおかずにとの声が、図らずも本人の耳に届いてしまったではないか。

「そうそう。なるべく声は潜《ひそ》めてくださいね。またさっきの引っ越し業者さんが残りの荷物を運んで戻ってくる予定なので……」

そんなことを言っているが、もしかすると彩音は隣にいる旦那に聞かれるのを憚っているのかもしれない。ふとそんな背徳の想像が脳裏に浮かび、瑛太は懸命に歯を食いしばった。

「ぐふううぅっ。あっ、あっ、彩音さん！」

喉を鳴らし悦楽を堪能《たんのう》する瑛太に、彩音は透明感あふれる頬をますます紅潮させ、称《たた》えるような眼差しで艶冶《えんや》に微笑んでくれている。何よりそれがうれしかった。

「こんなに硬くさせていると辛いですよね。今、彩音が楽にしてさしあげます」

付け根に親指と人差し指のリングが巻き付き、残りの中指から小指までの三本が肉幹をやさしく締め付けてくる。

「むほぅっ！　ほおぉぉぉっ……あ、彩音さん……」

あまりの気色よさに、判っていても唇がほつれてしまう。たまらず瑛太は、肺に溜《た》めていた息を一気に吐き出した。

「あ、ああん。ダメです。み、耳は弱いの……」

愛らしい耳朶《みみたぶ》に息を吹きかけられただけで、ぶるぶるっと女体がわないた。図《はか》らずも彼女の性感帯を見つけ、瑛太はそこにある小ぶりの真珠のピアスごと口腔に耳朶を含んだ。

「あ、だめですっ！　そこは本当に……」

抗いの言葉と同時に瞳が閉じられたが、彩音は逃れようとしない。その代わりに、手首を返すようにして瑛太の分身を念入りにあやしてくれる。

「ぐふううっ。それやばいです。このままでは、俺、イッてしまいます！」

荒く息継ぎしながら小声で囁いた。

押し寄せる快感に肩をぶるぶると震わせ、彼女の薄い肩を摑《つか》まえて、必死で込み上げる性衝動を耐えている。

「いいのですよ。我慢せずに、射精《だ》してください……」

すべすべした手指が、肉皮を上げ下げするようにしごいてくれる。

清楚な彩音が、男の生理を理解しているのは、やはり人妻だからなのだろうか。そんな考えが瑛太の嫉妬に火をつけ、いつも以上に官能を燃え上がらせている。

「あああ……そ、そこ気持ちよすぎ」

カリ首の真下にある小さな膨らみを刺激され、たまらずに呻《うめ》いた。

「判りました。ここがいいのですね……ぐちゅる、ずるるるる」

鉤状《かぎ》に丸めた掌、その指先をそっと引っかけるように喜悦のポイントをあやしてくれる。刹那に鈴口をパクパクと開かせて、我慢汁を吹き零《こぼ》してしまう。

「あん、トロトロの恥汁を垂《た》らして……はあん、なんて甘そうなのでしょう」

しっとりとした手の中で、硬度を高めた肉棹をさらに反り返らせていく。

敏感にして、若さ溢《あふ》れる反応のよさ。まさしく、逞《たくま》しい牡《おす》のそれだ。

「それにこの性臭……ああ、嗅いでいるだけで、彩音まで濡れてしまいます……」

言いながら彩音が肺腑いっぱいに臭気を吸いこんでいる。

清楚な美貌に似合わない淫《みだ》らな息遣い。「はあぁ」と湿った吐息が吐き出されるたび、瑛太はそれを取り込もうと大きく息を吸う。その様子に満足したかのように彩音が間髪《かんはつ》を入れず、切っ先に滲む粘汁を掌に擦りつける。

「はううう……っくううう」

目をつぶる瑛太は、まるで蜂に刺されたように顔をしかめた。快楽に堪《こら》えきれなくなっている証《あか》しだ。

「射精《で》そうなのですね。いいのですよ。射精《だ》してしまっても……。彩音が、掌で受け止めますから……」

目元まで赤く上気させた彩音が、熱情に浮かされるように囁いた。

繊細な手指は、瑛太が吹き零した先走り汁でネトネトになっている。その上に粘ついた白濁液《はくだくえき》で穢《けが》すのは申し訳ない。けれど、もはやそれを我慢するだけの忍耐は消え失せ、切羽詰まった射精衝動に身も心も支配されている。

「ねえ、我慢しないで……。彩音に、全部射精《だ》してください……ねっ、お願いです」

亀頭傘がさらに大きく膨らむのを、切羽詰まったものと察知したらしい。

やわらかく甘い声でほだしながら、その手指を皮の剝《む》けた赤い亀頭に這わせてくれる。ぬるんとした感触に敏感な肉エラを包み込まれると、性感が鋭く走った。

「うああっ、あ、彩音さん、イキます……うおぉっ、イッちゃううう〜〜っ！」

くぐもった声で漏らすと、彩音がさらに追い打ちをかけてくる。

親指で亀頭エラを擦られ、残る指に肉幹をぎゅっと圧迫される。かと思うと手首のスナップを利かせた抽送《ちゆうそう》が矢継ぎ早に加えられる。

「射精《だ》してください……彩音の手にかけてください……！」

耳元で甘く囁かれ、しごく速度が増していく。

鉄柱のように硬くなったそれは、暴発の予兆で何度も反り返る。

「ああ、ダメです……もうダメだ……彩音さんっ！」

快感のあまり自らの喉から「ああ」と少女のような声を漏らしたことを恥ずかしく思いながら、瑛太はついに縛《いまし》めを解いた。

肉棒がビクンビクンッと小刻みに痙攣《けいれん》し、勢いよく牡汁《おじる》を迸《ほとばし》らせる。

射精と同時に、亀頭部に彩音の掌底がふたをするように被せられる。

ムッとする青臭い性臭が、玄関口に漂った。

「よかった。彩音のお擦《こす》りで、イッてくれたのですね」

射精したばかりの亀頭部を自らのハンカチで丁寧に拭《ぬぐ》ってくれる彩音。色っぽく紅潮させた美貌には、心底、安堵したような表情が浮かんでいる。

あまりに甲斐甲斐《かいがい》しい彩音に、瑛太ははにかむように微笑んで見せた。

「ありがとうございます。こんなに素敵な女性に俺なんかの短小ち×ぽを擦ってもらえたなんて！　本当に最高でした。これまで生きてきた中で一番しあわせです」

「いいえ。彩音こそ瑛太さんのお役に立てて、しあわせです。これからは、もっともっと瑛太さんのお世話をさせてくださいね。隣人として、お友達として……」

掌を拭《ふ》き取りながら、やさしく微笑み返してくれる彩音。これからはじまる新生活に否《いや》が応《おう》にも期待が膨らむ。

「あぁ、次の荷物が着いたみたいです。残念ですけど、今日はこれで……。また次を愉《たの》しみにしてくださいね」

コケティッシュな笑みを浮かべ、大急ぎで彩音がその場を引きあげていく。瑛太は夢見心地でぼんやりとその背中を見送った。

第一章　刺激的なお隣り

1

四月一日。新年度の初日は、サラリーマンにとって元旦に等しい。

とはいえ社会人として数年も経てば、そんな感慨はごくわずかで、普通の一日と何ら変わらない。

入社三年目になる瑛太も、さしたる緊張もなくその日を迎えた。我ながら、どうかと思うものの、会社全体に緊張感が皆無なだけに、それも致し方ない。

「そんな会社にしか入れなかったのだから仕方がないか……」

中、高、大学とずっと鳴かず飛ばずで、どのクラスでもどの分野でも一位など取れたためしのない瑛太だった。挙句着いたあだ名が、万年ＢクラスのＢ太なのだ。

とりあえず就職した現在の松下食品もヒット商品に乏しく、他社の追随ばかりをしているB級企業で、松下食品ならぬマネシタ食品と業界では揶揄《やゆ》されている。

そんな会社に勤めているから余計にパッとしないのかもしれないが、それでも瑛太は瑛太なりに努力しているつもりだ。

才能がないから一番になれないのかもしれないが、それでも瑛太としてはひたむきに努力するしかない。自分の取り柄はまじめに、泥臭くやるしかないのだから。

とはいうものの、瑛太がまじめ一辺倒の堅物かというと違う。

時には、〝棚からボタ餅《もち》〟のように、天から幸運が舞い降りてはこないかとグウタラなことを夢想していたりする。

つまるところ努力しなくても済むならしたくはないが、努力しない限り万年二位の座すら危ういことも重々承知していた。

瑛太が希望していた商品開発部に所属していられるのも、少なからず努力した結果であろうと思っている。

(湖で優雅に浮いている白鳥も水面下では懸命に足で水をかいているのだから……。ましてて白鳥なんてほど遠い俺は、人一倍水かきしなくちゃ前に進めないよ……)

よくしたもので、必死に水かきさえしていれば、そう簡単に沈むものでもない。

「さて、今日も懸命に水かきしに行きますか」

通勤電車の憂鬱《ゆううつ》にめげそうになる自分を励まし、「よし」と気合を入れて玄関ドアを開けた。

「あらぁ……」

瑛太がマンションの廊下に出た途端、甘い嬌声が降りかかる。

瞬時に、ドキンと心臓が高鳴り、まるで思春期の少年のように顔を赤くした。

思えば、二十五年生きてきて、昨日初めて天から落ちてきたボタ餅《もち》を味わった。あまりに夢のような出来事で、わが身に起きたとは思えない幸運。隣に越してきたばかりの美女から受けた情熱的な手淫《しゅいん》に、正直、あの後、自分でも何が起きたのか判らぬまま長らく呆然としたほどだ。そして、その後には、躁《そう》と鬱《うつ》が交互に起きるような精神不安定に陥《おちい》った。

「あんなにきれいな女性にしてもらったんだ」との高揚感と充足感でいっぱいになった後、それとは正反対の負の暗雲が心を占める。

彩音から許されたとはいえ、「本当に射精してよかったのだろうか……」「まさか嫌われたりしていないよな……」「そもそもどうして初対面の俺なんかに……」と、不安とハテナマークで頭の中がいっぱいになっていた。

『私、こんなこと誰にでもするようなおんなではないのです。瑛太さんだから……』

彩音の言葉に、ウソ偽りは感じられなかった。あんなに上品で、魅力的な女性がわざわざ瑛太に取り繕《つくろ》ったり嘘を吐《つ》いたりする必要などないのだ。

だとすると、瑛太の何かが、奇跡的にも彼女の気を引くことに成功したのかもしれない。

「もしかすると、これは運命的な出会いであったのかも！」

目まぐるしく躁状態に気持ちが上がっては、「でも、彩音さんは人妻かもしれないし……」と、疑心暗鬼に沈み込み、また持ち上がるを繰り返し、ようやく平常心を取り戻すまで、ほぼ一晩を要したのだ。

困ったことに彩音がもたらした幸運は、劇薬の如く副作用をもたらしている。手で慰められただけにもかかわらず、あまりに気持ちがよすぎて中毒になってしまったようなのだ。

(もし、また慰めてもらえるなら何でもする。人殺し以外なら犯罪も辞さない！)

そこまで思いつめるほどだから、あながち中毒という言葉も大げさではない。実際、反動で、日課にしていた自慰もまるで感じることができずに、物足りぬまま萎《な》えるほどだった。

そんな状態で、偶然にも朝っぱらから彩音と廊下で鉢合わせてしまったのだからバクバクと心臓が高鳴るのも不思議ないのだ。

「お、おはようございます」

ぎこちなく挨拶する瑛太に、何を思ったか彩音は、手にしていたゴミ袋をその場に放り投げ、てててと小走りに駆け寄ると「グッモーニン！」とネイティブな発音で挨拶しながら瑛太の首筋にぶら下がるようにむぎゅっとハグしてくれた。

「あっ！」

瑛太はまるで女の子のような声を上げて、カラダを強張らせる。

Yシャツ越しに彩音の乳房が、昨日よりもさらに生々しくふるんと当たったのだ。

（あ、彩音さん。ノーブラ……！）

凄まじいやわらかさと殺人的なまでの弾力が、桜色のチュニックの下でふるるるんと自在に踊っている。

瑛太はカラダを棒状に突っ立てたまま、下腹部もぎゅいんとおっ勃《た》てた。

「まあ。気の早い瑛太さん。でもそれは、帰ってくるまでお預け……。ご馳走を作って待っていますから食べずに帰ってきてくださいね」

目ざとく瑛太のスラックスの前のふくらみに気づきながらも、茶目っ気たっぷりに笑う彩音。母性豊かなのか、面倒見がいいのか、その接し方はまるで恋人のよう。さらにネクタイをキュッと締《し》め直してくれるなど、まるで世話焼き女房のようだ。いつまでも密着している乳房の感触と、香水混じりの艶《あで》やかな匂いに惑溺《わくでき》し、瑛太は朝から沈没寸前だ。

「ほらぁ、遅刻してしまいますわ。いってらっしゃいませ」

呆《ほう》ける瑛太を促すように、彩音はその頬にちゅっと口づけをくれた。

まるで新妻が夫を送り出すような振る舞いに、瑛太はトロトロに心蕩かしながらようやく出社の途についた。

2

春の陽気も相まって瑛太は、心持ちまでポカポカした気分で出社した。

パッとしない毎日が、突然カラフルに色彩を帯びはじめたようだ。

正直、どこをどう歩いて通勤してきたのかも思い出せないような始末。出勤してからもポーッとしたままの瑛太は、ともするとだらしなく口元がにやけてくるのを禁じ得ない状態だった。

「なんだお前、朝から気色悪いな。何か悪いモノでも食ったか？」

出社早々、同期の仲間からそんな風に揶揄される。

（言いたい奴には言わせておくさ。こんなにしあわせな気分、誰にも分けてやれないし……）

にしても、彩音は、「それは、帰ってくるまでお預け……」と言っていた。あの言葉を鵜呑《うの》みにしていいものか。

（もしかして、からかわれているのでは……）

なまじもてた経験などないだけに、またしてもマイナスの思考が頭に垂れ込める。

「いや、いや、いや。昨日、あんなことまでしてくれたのだし、今朝だってハグしてくれた上に、ホッペにチュッて……」

期待と不安が波のように寄せては返し、そのたびに瑛太の心が揺れていく。

「いかんいかん。こんなでは、彩音さんにあきれられてしまう……。せめて仕事の時くらいは、しゃんとしなくちゃ……」

彩音が見ているわけでもないが、瑛太はそう自分に言い聞かせ、仕事に気持ちを向かわせようとした。

ふと、我に返ると、いつの間にか朝礼がはじまっている。

このフロアは、商品開発室の専用フロアで、いくつかの理科室のような個室と、大きな共同開発室が並んでいる。

およそ三十名もの人員が、新たなヒット商品を生み出すべく試作と研究を繰り返す場所なのだ。

いま瑛太はというと無意識のうちに大会議室の後方に立ち、商品開発室の室長が訓示しているのに耳を傾《かたむ》けているようなポーズを取っている。

もちろん、まるでその中身など耳に入っていなかった。けれど、室長が何を話していたのかは想像がつく。

新年度のはじまりに、気持ちを新たに業務に励めと宣《のたま》ったはず。

瑛太が所属する商品開発室の至上命題は、ただひとつヒット商品の開発しかない。よい商品なくして、売り上げが上がるはずないのだ。

「えー。ですから、皆さんの努力こそがわが社の命運を左右すると言えます。そのことを一人一人が肝《きも》に銘じ、なお一層の努力をお願いします」

やはり当たり障りのない精神論にも似た言葉が室長の締めの言葉となった。

その絶妙のタイミングで、大会議室の扉が開き、人事部の課長がひとりの女性を従えて中に入ってきた。

「一通り案内は済ませてきました。あとは開発室長、お願いします」

人事課長は、背後の女性に目配せしながら室長にそう告げると、その女性だけを残し、そそくさと会議室を出て行った。

けれど、その場にいたメンバーの誰もが人事課長の動向になど目もくれずにいる。彼女が会議室に現れた瞬間から、誰一人彼女から目が離せないのだ。

(すごい美人……。彩音さんもきれいだけど、この人も負けないくらいきれいだ!!)

色ボケにも等しい状態にある瑛太も例外ではなかった。

それほどまでに、その女性は美しいのだ。

ぱっちりとしたその眼は、桃花眼《とうかがん》と呼ばれるものか。離れていても判るほどくっきりとした二重。睫毛《まつげ》がひどく長く、どこか幻想的な印象を際立《きわだ》たせている。

清楚でありながら一種妖艶《ようえん》な雰囲気も感じさせるのは、その瞳の煌《きら》めきが常に潤んでいるようにも映るせいであろうか。

涙袋が大きめであることも色っぽく見せる一因かもしれない。

少しだけ受け口気味だが愛らしい、花びらのような唇は健康的な色艶《いろつや》で、太すぎず細すぎず、厚く清楚なピンク色につやつやと潤っていて瑞々《みずみず》しい。

やや鷲鼻気味の鼻も、その鼻翼はしゅっと小さく纏《まと》ってバランスを崩さない。

頬高なラインも、すっきりとした顎の線も、いずれ劣らず美しい。

漆黒の髪は艶《つや》やかで豊かに流れるロングヘア。そのほっそりとした白い首筋からも、しっとりとした色気が放たれている。

「えー。では、皆さんに紹介します。新たに我が商品開発室に加わることになりました亀田莉奈《かめだりな》さんです。亀田さんは、某大手食品会社でも商品開発室に携《たずさ》わっていた方で訳あってそちらを退社後、本日よりウチに来てくれることになりました」

普段は室長の訓示などほとんど聞いていない社員たちも、彼女を紹介する声に熱心に耳を傾けている。それでいて誰一人室長に目を向けてはいない。相変わらず、六十数個の瞳の全てが、莉奈に集中している。

その熱い視線に莉奈当人は、居心地悪そうに首をすくめている。瑛太にはなんだかそれが、ものすごく可哀想に思えたが、入社三年目のぺーぺーに近い青二才では、どうしてあげようもない。

「亀田さんには、三班の主任としてご活躍願いたいと思います。三班のメンバーは彼女が早くウチに溶け込めるようサポートしてください」

室長の思わぬ言葉に、瑛太は驚いた。

三班と言えば、瑛太が所属する班だからだ。

元の瑛太の班の主任は産休を取ったまま不在となっている。もうとうに復帰するはずの時期を過ぎているから、もしやこのまま退社するのではと噂されていた。

この数か月、室長が班を預かる形になっていたが、現実的に開発の現場に室長自らが手を出すことはなく、実質三班は遊軍のような扱《あつか》いで、他班の手伝いをやらされている状態にあった。

その三班を新たに莉奈が引き継ぐことになったのだ。

つまりは瑛太にとって、単に掃き溜めに鶴が舞い降りたばかりでなく、新たな上司のもとで、心機一転して商品開発に当たることができるのだ。

「亀田さん。一言挨拶を……」

室長に促された莉奈が、その場から一歩前に出ると、キリッと結ばれていた唇をあえかに開いた。

(うわあっ。口を開くと、さらにセクシーな感じ……。たまらないよ。しっとりと唇が濡れているだけに、ヤバすぎる……！)

莉奈の桃花眼が、あちこちに揺れてから、真《ま》っ直《す》ぐに瑛太の視線とぶつかった——気がした。

どきりとたじろぐ瑛太を認めた途端、薄くルージュを引いた唇がやわらかくほころぶ。もちろん、それも気のせいだろうが、それでもそのやさしい微笑は、瑛太のハートを鷲掴《わしづか》みにする。

「初めまして。ご紹介に預かりました亀田莉奈です。年齢は二十九歳。一応独身ですが、実はバツイチです。それもついこの間、成立したばかり。前の会社を辞めることになったのも、それが理由かな。とはいえ、お陰で私を必要としてくれる会社と出会えましたので、心機一転、ここでいい仕事をしたいと思っています。皆さんとも、いい出会いにしたいと思いますので、よろしくお願いします」

所在無げにしているばかりと映っていた莉奈が、すっと誇らしげに胸を張り、凛《りん》とした声で挨拶をしてから、大きな眼を細め、魅力的な唇を再びほころばせた。

まるで潮風のような爽やかさに紛《まぎ》れ、ふいに瑛太は海の香りを嗅いだ気がした。

3

「主任なんて呼ばないでね。亀田さんもNG。莉奈さんあたりがありがたいな……」

瑛太も含めた三班のメンバーの前で、新たな上司となった莉奈が、爽やかにそう言った。

近くに寄ると莉奈はさらに美しく、圧倒的な存在感と後光が差すようなオーラに覆《おお》われている。

主任待遇で中途採用されるだけあって、凛とした気負いの中に身持ちの堅いおんなの矜持《きょうじ》を滲ませている。

それはバツイチのおんなが放つバリアのような頑なさがそう感じさせるものか。とはいえ、彼女の自己申告がなければ、三十路《みそじ》間近になど、とても見えなかった。

肌の美しさが若見せの秘密だろう。ぴっちりとした張りを保つその美肌は、常に清流で洗われているかのように潤みを纏っている。その透明度の高さも、ゾクリとさせるほどのツヤを際立たせる要素の一つだ。

それでいて人を撥《は》ねつけるわけでなく、むしろ気さくに接することを許してくれるようなしなやかさも持ち合わせている。

泣いた後のように潤んで見える桃花眼に、それほどの目力がないせいもあるだろうが、それ以上に彼女の人柄によるところも大きいようだ。

張り詰めた糸の如く身を律していながらも、どこか隙があるように思わせてくれるのだ。

「主任なんて肩書だけで、私の方が新参者……。皆さんの方が先輩だから、これまでのやり方通りで構わないわ。意見なども遠慮せずにどんどん言ってね」

一種凄絶な気品と清楚な雰囲気が滲み出る人形さながらに整った顔立ちで、ざっくばらんにそう言われると、男女を問わず誰しもが心を摑まれてしまう。

莉奈の手際のよい人心掌握術《じんしんしょうあくじゅつ》にうなりながら、瑛太もまた他愛なく彼女に心酔していた。

辛うじて瑛太だけが、莉奈の美女オーラに魅入られるばかりではなく客観的に観察していられるのは、昨日来から彩音のオーラに触れていたからに過ぎない。

彩音の美女オーラを初めて見るまで、正直、そんなものが実際にあるとは思ってもいなかったが、まさか二日のうちにさらにもう一人、そんなオーラの持ち主が現れようとは。しかも、その二人ともが瑛太の身近な存在として、すぐ手が届きそうな場所に立っているのだ。

（ああ、それにしても、莉奈さんも美しいだけじゃなく、彩音さん以上にエロいカラダをしてるんだ……）

皆はまずその美貌にうっとりと見惚《みと》れているが、莉奈は同時に、破壊力抜群の悩殺ボディの持ち主でもある。

身長は一六〇センチと日本女性の平均以上あり、すらりとしている上に、八頭身のバランスを優美に保っている。

小作りな顔、細く長い首、すんなりと伸びた手足などは細身《ほそみ》のイメージを与えてくれる。年増痩せして無駄な脂肪をすっきりと落したシルエットなのだ。

かと言ってその女体は痩せぎすとは無縁《むえん》に、ムチムチと肉感的でムンと牝《めす》が匂い立つほどに熟れきっている。

推定Eカップの美巨乳は、少し胸を張るだけでシャツのボタンが飛び散りそうなほど迫力たっぷり。容《かたち》の整った丸いふくらみは、ややもすると攻撃的なだけに、清楚な莉奈の美貌と釣り合わない気もするが、そのアンバランスな印象がたまらない魅力となっている。

なのに、その流れるようなボディラインは、ふくらみを越えた途端に砂時計さながらに細くくびれ、熟れによる丸みだけ残しながら絞り込まれている。

さらにそこから続く腰つきが悩ましく、中年おやじが口にする〝けしからんほどエロい！〟とは、まさしくこのこと。

婀娜《あだ》っぽく左右に張り出した安産型の骨盤の広さに、中臀筋が蠱惑的に発達している。そのサイドからの眺めは、頂点高く突きだすような洋ナシ型で、後ろの角度から見れば逆ハート形が美しい。

引き締まった大臀筋にたっぷりと脂《あぶら》をのせて熟れきっている完熟尻は、ひとたび歩き出すと、むっちりとした尻肉がプルン、プルンとやわらかそうに震えつつ、悩ましくも妖しく左右に揺れまくっている。

そんな完熟のエロボディだから、いくらキャリアウーマン然とレディーススーツに押し込めていても、そこかしこからゾクゾクするようなフェロモンが、おんなぶりとなって漏れ出しているのだ。

（ああ、莉奈さん……。どこか隙があるようでたまらない。存在そのもので勃起を促されちゃいます……）

穏やかでやわらかい雰囲気が何でも許してくれそうで、無遠慮な視線を瑛太はその女体に貼りつけている。

草食系を自認する瑛太が、職場でそんな暴挙に出るのはよほどのことだ。日課となっている自慰を今朝は断念したため、精力を持て余しているのも事実だが、それほどまでに莉奈が発するおんなの魅力に触発されていたのだろう。

ふと気づくとそんな瑛太に、当の莉奈がまっすぐにこちらを見つめていた。

（うわぁっ。や、やばい！　莉奈さんをエロい眼で舐《な》めまわしていたこと、知られてしまった……！）

当然、咎《とが》められるものと思っていたが、意外にも莉奈はクスリと小さく笑っただけで、すぐに瑛太から視線を離した。

（ふうーっ。ヤバかった……。でも、やっぱり莉奈さん、大人だなあ……。余裕って感じで、俺の視線を受け流してくれた……）

ますます瑛太は、莉奈にがっちりと心奪われていくことを意識した。

社内にもマドンナと呼ばれる女性社員は存在している。中でも瑛太の所属する部署は、女性社員のパーセンテージが高く、なかなかに美人度も多い。

実際、瑛太が、いいなと思う女子社員もいるにはいた。けれど、この三年間、瑛太が職場で彼女獲得に動いた事実はない。

ありていに言えば瑛太のコンプレックスを凌駕するほどの女性に、出会えなかったのだ。だが、目の前にいる莉奈になら、たとえ討ち死にであってもアタックしてみる価値はあると思えている。

女性に臆病な瑛太が、そんな風に強く思い込むほど莉奈は魅力的であるのだ。

ただ困ったことに瑛太には、もうひとり心の中に棲みつきはじめた女性の面影が浮かんでいる。

もちろんそれは、新たな隣人となった波野彩音。

（いや、いや、いや。どうせ二人とも身近な存在であっても、簡単には手が届かない高嶺《たかね》の花なのだ。彩音さんは人妻だろうし、莉奈さんは上司なのだから……）

いつもの如く悲観的観測をして、自分が傷ついた時のダメージを最小限に留めようと予防線を張る。

けれどこんなことでは、いつまで経ってもB太を卒業できるはずがない、と思い直した。

（そうかそうだよな。よし決めた。絶対に彩音さんと莉奈さんをゲットする！　二兎を追う者、一兎をも得ずとはいうけれど、どちらも高嶺の花なのだから両方ともゲットするくらいの意気込みでいかないと……！）

我ながら調子がいいとは思うものの、そう心に決めたことで、世界が突然違って見えた。

4

（せっかく彩音さんや莉奈さんのような途方もない美人と親しくなれたのだから嫌われたくはないし……。でも、どうにかして、もっとお近づきになりたい……）

その日、瑛太はそんなことばかり考え続けていた。

もっとも、いくら思案したところで所詮は草食系で過ごしてきた自分に、チャラ男のような発想などできるはずがない。そもそも生まれつきのシャイさを、どこまで捨てきれるのか不安も残る。

（まずは、彩音さんだよな。当たって砕けるにしても、とっかかりがないと当たることもできない。彩音さんには、一応とっかかりがあるものな……）

瑛太が考えるとっかかりとは、出がけに掛けられた彩音の言葉だ。

『それは、帰ってくるまでお預け……』

もちろん、彩音がどういうつもりでそう言ってくれたのかは判らない。瑛太をからかうつもりはなくとも、社交儀礼的な意味合いのリップサービスに過ぎないとも考えられる。

だが、彩音は初対面の自分に、いきなり手慰みをしてくれた。あれを彼女の言葉通り、単に隣に越してきたあいさつ代わりとは少し考えにくいし、控えめに見積もっても、瑛太に脈があることは間違いないだろう。

少なくとも、好意以上のモノを持ってくれたからこそ、手淫などと淫らな振る舞いに及んでくれたのではないだろうか。実際、これも彩音の言葉通りに取れば、彼女は会ったばかりの相手に、そんなことをするおんなではないらしい。

つまりは、どこをどう取っても瑛太は、彩音に気に入られているということになる。だからこそ朝からハグをしてくれたり、頬に口づけをくれたりもするのだろう。

「だよな。ここまでの推論に間違いはないよな……。で、そのあとに、それは帰ってくるまでお預けって……。問題は何がお預けかってことだけど、チューの続きってことで、考えすぎじゃないよな……」

何度も頭の中で同じ結論を導き出しては、そこに間違いはないか、自分勝手に都合のいい解釈をしていないかと、繰り返し考え続けている。

そうして、いよいよ会社からの帰路についた頃、ようやく瑛太は違うことで悩みはじめた。

「あれっ？　帰ってからってことは、帰ったよって知らせなくちゃならない？　ご馳走を作るから食べずに帰ってきてってことは、インターフォンを鳴らすべきか？　迷惑じゃないよな？　ああ、だけどご主人がいるってことだって……」

未だ彩音が独身者かどうかも確認していない自分の迂闊《うかつ》さを今さらに悔いる。

「一か八かピンポンを鳴らしてみるか……。ご主人がいたら尻尾を巻いて退散すればいいんだ」

駅前の八百屋で奮発してイチゴを購入してある。万が一の場合は、これを昨日の礼代わりに、と置いて帰ればいい。

いつもの弱気をひねり潰し、腹を括《くく》った瑛太だったが、自宅のある階でエレベーターを降りた途端に、そこに立っていた彩音と鉢合わせしたのは想定外だった。

「瑛太さん。お帰りなさいませ……」

当たり前のように挨拶をしてくれる彩音とは対照的に、またしても瑛太は機先を制されてドギマギしている。

相変わらず彩音は飛び切りに美しく、しかも超絶に可愛い。莉奈も彩音も清楚で上品なことに変わりないが、大人な莉奈の可愛らしさは天使のようで、コケティッシュな彩音の可愛らしさは小悪魔のように感じられる。

「あっ、た、ただいまです……」

心臓をバクバクさせて真っ赤になっている瑛太に、クスクスッと笑った彩音がその細い腕を当たり前のように瑛太の腕に絡《から》めてくる。

「瑛太さんが、そろそろ帰ってくるかなって、エレベーターの音がするたびここまで見に来ていたのですよ」

初々《ういうい》しい新妻のように彩音が耳元で囁く。照れくさそうに恥じらってもいるようで頬を紅潮させている。

偶然出くわしたのではなく、待ちわびていてくれたと聞かされ、瑛太もうれしくないはずがない。それも何度もここにまで足を運んでくれたという彩音に、ふつふつと愛《いとお》しさが込み上げてくる。

(ああ、やっぱり彩音さんは小悪魔だ。だけど、超カワイイ小悪魔なんだ……)

至近距離にある美貌に瑛太の心臓はさらに鼓動を速める。二の腕にむぎゅりと触れている彩音の乳房のまとわりつくようなやわらかさが意識され、廊下を歩く足取りはふわふわと雲の上を歩くよう。

「今夜はビーフシチューを作りました。お嫌いではないですよね?」

上目遣いも初々しく、いかにも恐る恐るといった感じで聞いてくる彩音に、瑛太は下心たっぷりでその誘いに乗るつもりだ。

「は、はい。もちろん好きです。ビーフシチューなんて凝った料理をわざわざ俺のために作ってくれたのですか?」

「ええ。八時間煮込んだ特製です。なーんて、ただ煮込むだけなので、本当はそんなに難しくないのですよ。でも、愛情だけはしっかりと籠《こも》ってます……」

相変わらず薄《う》っすらと頬を染め、それでも楽しそうに彩音はしている。それだけで瑛太もしあわせな気分になってくる。

つい先ほどまでの不安がウソのように消えている。

夢見心地のまま短い廊下を歩き、それでもなお腕を組んだまま彼女の部屋へと導かれる。

玄関の框《かまち》を上がると彩音は女体をくるりとこちらに向き直らせて、甲斐甲斐しくも瑛太のカバンを受け取った。

「うふふ。改めて。おかえりなさいませ。お仕事ご苦労様でした……。お腹すいていますでしょう？　すぐに支度しますから……。その間に、お風呂でも入りませんか？　それとも、わ・た・し？」

ジョークのつもりなのだろう。茶目っ気たっぷりに、「わ・た・し？」と口にしながら途中で恥ずかしくなったらしく、色白の美貌をまるで茹《ゆ》でられたかのように真っ赤にしている。

つられて瑛太まで照れて、耳まで熱く火照らせた。けれど、一度赤くなってしまえば、これ以上は赤くならない。込み上げる熱い想いを噴出させるなら今かもしれないと、思い切って瑛太は口を開いた。

「じゃ、じゃあ、先に彩音さんでお願いします……」

流れに乗って冗談めかした返答。たとえここで玉砕してもごまかしが効くだろうと、ちょっとズルい観測気球をぶち上げた。

「えっ？　本気ですか……。うふふ。うれしいです……。じゃあ、前菜に私の唇、召し上がれ……」

瑛太にドギマギする間もなく、彩音が桜色のチュニックを揺らしながら女体をスッとゼロ距離にまで寄せてくる。くいっと顎を持ち上げるようにして桜唇をツンと突き出し、その大きな眼を瞑《つむ》っている。

恥じらいの表情を浮かべつつも、あっけらかんと口づけを許してくれようとする彩音。その超絶的な可愛さに、瑛太はドキドキしながら据え膳状態の桜唇に、自らも口唇を近づけた。

ぽちゃぽちゃとした、いかにもやわらかそうなボリューミー唇に、そっと唇を押し当て、掠《かす》め取るようにして口を逃がす。

控えめな口づけは、初めての時からがっつくのは如何《いかが》なものかと、懸命に自制した結果。けれど、そのあまりにふわふわぷるるん具合に、もう一度味わわずにいられなくなり、離れて早々に二度目を啄《ついば》んだ。

「んふぅ……ん、んんっ……」

驚くほど甘く、切ないほどやわらかく、そして悩ましいほどしっとり潤った桜唇。

二度目を触れると、三度目が欲しくなり、四回五回と求めたくなる。

それもチュチュッと短く啄むような口づけから、徐々に触れている時間を長くして彩音の体温を口唇から感じ取り、恐ろしく気色のいい感触を味わいつくす。

「ほむん、うふぅ……んんっ、ほぅぅっ……ぅふぅ……ん、んん……っ」

唇を重ねるたび、愛らしい小鼻から短い息が漏れるのも悩ましい。

堪らず瑛太は、彩音の桜唇を舌先でこじ開け、その口腔へと押し込んだ。

「むふぅっ……ん、んふぅ……ぢゅちゅちゅっ……レロレロン」

はじめこそ瑛太の蹂躙《じゅうりん》に驚いたように目を見開いた彩音だったが、その求めに応じるように唇を開いてくれる上に、自らも朱舌を筒状にして瑛太の舌腹に絡めてくれるではないか。

「おほぉっ！　むぐぅぅ……ぢゅちゅちゅっ……彩音ひゃん……レロレロレロ……」

夢中で舌を擦りあい、唾液《だえき》を交換しあって、熱く想いを交わしていく。ふわりと抱きしめていた女体をいつのまにか強く抱きしめ、その抱き心地のよさも堪能した。

ようやく唇を離したのは、あまりに熱烈過ぎる口づけに涎《よだれ》が口角から垂れ落ち顎を伝うのを感じたからだ。

このままでは彩音さんを汚してしまうと察したから、やむなく離れた。

「あぁ、なんて情熱的な口づけ。瑛太さん、とっても素敵でした……」

蕩けた表情を浮かべる彩音に、瑛太もうっとりとその美貌を見つめながら甘い余韻に浸《ひた》っている。

キスしただけで、SEXほどの充足を感じたのは初めてだ。

「ずっと彩音さんの唇にキスしたいと思っていました。とても魅力的な唇をしているから……。だけど想像していた以上に、キスがこんなにいいなんて……」

「うふふ。瑛太さん。とってもうれしいお言葉……。でも、前菜はこれくらいにして、先に、食事を済ませましょう。この続きは後で……。うふふ。大丈夫ですよ。キスより刺激的なこと約束しますから。夜は長いのですし焦らないで……」

「そ、そうですよね。うん。すごく腹も減っています……」

彩音に急に身を躱《かわ》されて、少しだけがっかりしながらも、彼女に調子を合わせそれ以上深追いしなかった。

あと一押しができないから彼女ができないのだと判っていても、その一歩を踏み出すのが瑛太は苦手なのだ。

5

「食事と一緒にお酒は如何です……？」

グラスとワインのボトルを片手に彩音が席に着くのを、瑛太は眩いものを見るように見つめている。

「あっ、俺、アルコールはダメなのです。おちょこ一杯で、ぶっ倒れたこともあるくらいで……」

酒ごときですぐ正体をなくす自分を情けなく思っているが、ムリに呑めばかえって迷惑をかけることは目に見えている。

「まあ、そうなのですか？　それは残念。せっかくお勧めのワインを用意していたのですけど……」

彼女のお勧めということは、つまり彩音はいける口ということだ。

「俺のことは気にせずに、彩音さんは飲んでくださいね」

「じゃあ、私だけ失礼して、少しだけ……」

赤い液体を注《そそ》いだグラスを口に含み「美味《お い》しい」と微笑む彩音。すぐに頬がほんのりと赤くなり色っぽいことこの上ない。

「うふふ。どうぞ、召し上がれ……。お口にあいますでしょうか？」

心配そうな表情でじっとこちらを見つめてくる彩音。柔和な顔立ちはトップアイドルすら裸足で逃げ出しそうなほど。

（うわああっ。ヤバいなあ。やっぱ彩音さん、カワイイっ。こんなに可愛い人と俺はキスしたんだ……）

双眸は黒く煌《きら》めき、やさしさが溢れた目尻に優美な眉が並ぶ。白い頬とわずかに薄紅の差された桜唇の対比がとても華やかで、自然と感嘆が零れ落ちてしまう。

瑛太の感想を不安げに待ちわびているからか、いつも以上にその瞳は潤んだようになっている。

彩音という女性には天然なところがあり、普通の女性よりも身体の距離感が近い。清楚でありながら有り余るフェロモンが漏れだしているようなところがあるのに、さらに肉体的に距離が近いため、瑛太はドキドキさせられ通しだ。

今も二人は応接テーブルに、直角の位置関係で腰を降ろしているのだが、彩音は限りなく瑛太に近い角にその身を運び、さらにはこちらの瞳の中を覗き込むように、カラダを乗り出させている。超絶美貌が、キスでもせがむかのような位置に近づいているのだ。

「う、美味いです。超、美味！」

本来であれば、シチューの味など判らなくなりそうなほど彩音に陶酔しているのだが、心ここにあらずのままスプーンを口に運んだ途端、正気に引き戻されるほどの凄まじい美味さが口腔いっぱいに広がった。

「塩加減といい、甘みとか旨味とか、なんかすべてが絶妙で、こんなに美味しいビーフシチューは食べたことありません‼」

どれだけ煮込めばこれほどトロトロになるのかと思われるほど、やわらかく蕩ける牛肉。コクと旨味、酸味や甘さが混然一体となったスープは、全く非の打ちどころがない上に、さらなる食欲を刺激して次のスプーンを口に運ぶ間すら惜しい。

彩音に心を奪われているばかりでなく、胃袋まで掴まれたことは間違いない。

「な、なんだろう、これ……。うま過ぎてスプーンを止められない！」

まさしく頬っぺが落ちそうとはこのこと。

怒涛の如く口中に広がる幸福な美味さに、至近距離で美女から見つめられる緊張などどこへやら、息つく暇もなく瑛太は皿を平らげた。

気が付くと、彩音が両手を頬に当てテーブルに肘を突いて、いかにも楽しそうにこちらを見つめている。

「あ、ご、ごめんなさい。俺一人で先に食べてしまって……。夢中になるくらい美味しくて、つい……」

「うふふ。構いませんわ。それよりも、こんなに作り甲斐のある殿方は、はじめてです。素晴らしい食べっぷりに、うれしくなってしまいました。まだおかわりがありますけど、召し上がりますか？」

彩音の申し出に、一も二もなく瑛太は首を縦に振った。

「もちろん、いただきます。おかわりは、彩音さんと一緒に……」

未だ彩音が皿に手を付けていないことに気づいた瑛太は、空にした皿を恭《うやうや》しく捧げ彩音に渡した。

「そうですね。瑛太さんが勢いよく食べてくれるのがうれしくて、私は食べるのを忘れていました……うふふ」

言いながら明るく笑う彩音に、瑛太もつられて笑顔になる。超絶美貌に見つめられるのにも、ようやく慣れてきた。

手渡された二皿目も美味さは変わらない。ともすれば、この皿も脇目もふらず平らげたい欲求に駆られたが何とか堪《こら》えた。今度こそ彩音との食事を楽しみたい。

「じゃあ、私も……。いただきます」

何気に手を合わせ会釈する彩音に、またぞろ瑛太は胸がきゅんと高鳴る。

その所作の上品さに、内面の清らかさが滲み出ている。それがなんとも女性らしく、かつ可愛らしいのだ。

しかも、彩音の食事姿は、どことなく妖艶に感じられて股間までズキュンと疼いた。

（ああ、彩音さん、色っぽく食べるんだ……）

いつしか瑛太は、姿勢正しく、美しく食べる彩音の姿にうっとりと見惚れていた。

ただシチューをスプーンで掬《すく》うだけの所作が、これほどまでに優美に感じられるのが不思議でならない。

「この続きは後で……。約束しますから……」

確かに彩音はそう約束してくれた。それはキスの続きをさせてくれるということであり、もっと刺激的なことも許してくれると。

（どこまでさせてくれるだろう……。キスよりも刺激的なことって、あのおっぱいにも触らせてくれるだろうか……。さすがにエッチまでは高望みだよな……）

まるで思春期の少年のように妄想が膨らんでいく。これからこの美女と甘い一時が待っていると想像するだけで、下腹部に血液が集まってしまうのだ。

それもこれも彩音の食事姿が魅力的であり官能的に映るからだ。頬に落ちる髪を手で後ろに送る仕草。スプーンを頬張る姿。こくりと飲み干すのどぼとけの動き。そのどれもがエロスを感じさせる。

思わず口づけしたくなる唇に、モノを咥《くわ》えられる即物的な連想が浮かぶのだ。人間誰でも、ものを食べているときは無防備になるが、その肉厚な桜唇がさらに無防備に動くと、この上なく色っぽく感じられた。

「瑛太さん、ねえ、瑛太さん、聞いています？」

いつの間にかエロい妄想を抱いたまま、ぼーっと彩音を見つめていたらしい。

「え、あ、いや、すみません。何の話でしたっけ……」

「もう、いやな瑛太さん……。私の胸元ばかり……」

指摘された通り、瑛太の視線はその美貌ばかりではなく、大きく前に突き出している胸元に吸い込まれていた。

襟ぐりの広いピンクのチュニックは、彩音が前屈みになるたび、大胆にも胸元を覗かせるから、ついついそこに眼が吸い込まれてしまうのだ。

レッドカーペッドにも使われるベルベット生地の深い赤色が、純白の胸元をふっくら覆っている。セクシーに胸元を強調する華奢《きやしや》でコンパクトなハーフカップと、乳白色の乳肌の対比がひどく扇情的だ。

「ちょっとお預けがすぎましたか……？　でも、私のカラダに興味をもっていただけているということですよね？　うれしいっ！」

「あ、それはもちろん……。だって彩音さんは、ものすごくプロポーションもよくて最高に魅力的だから……。彩音さんをエロい眼で見て申し訳ないですが、どうしたってそういう目に……」

もう少し欲望をオブラートに包み、甘い言葉で口説くべきとは承知している。けれど、最早言葉を選ぶのも限界だった。

彩音の艶々したふっくら唇を見ていると、すぐにでもまた口づけしたい衝動に駆られてしまう。もちろん、触れたいのは唇だけではない。その麗《うるわ》しの女体のどこにでも触れられるなら触れてみたい。たとえ、それが彼女の髪でもよかった。

「つまり彩音とそういう関係になっても、瑛太さんは構わないというのですね？　知りませんよ。よく彩音のことも知らずに、そうなって後から後悔しても……」

鮮やかなまでに黒く煌めく相貌が、明らかに潤んでいく。その瞳はひどくセックスアピールに富み、二十四歳の大人の魅力が全開になったよう。男なら誰もが息を呑む妖しさに、瑛太は著《いちじる》しく喉の渇きを覚えた。

「後悔なんてそんな。彩音さんみたいな美人、俺にはもったいないくらいです……。むしろ、俺の方こそ、彩音さんを失望させてしまいそうで怖いです……」

しっかりと彩音の濡れた瞳の奥を覗き込み言葉を続ける瑛太。カラカラになった喉が言葉を嗄《しわが》れさせる。たまらずにテーブルの上のグラスを手探りで拾い上げる。

「ホントの俺は意気地なしで、コンプレックスの塊《かたまり》で……。でも、そんな怖さも乗り越えさせてしまうほど彩音さんは魅力的で、そんな彩音さんが欲しくて……」

思いのたけを一気にまくしたてた瑛太は、ひりつく喉を潤そうとグラスを口に運んだ。

「あっ、瑛太さん、それは……」

彩音が何を止めようとしたのかは、口腔に広がった液体の芳香ですぐに悟った。

そのグラスは彩音が使っていたものだ。

独特のワイングラスの形状で、それと判りそうなものだが、それほど瑛太は興奮していたのだ。

もちろん、中身はワインである。それもまだグラスに半ばほどまで残っていたものを、呷《あお》るように喉奥に流し込んでしまった。

「あれっ？　美味しい！」

そう感じたのもつかの間、食道がカアッと焼けるように熱を放ちはじめる。

「大丈夫ですか？　このワイン、結構アルコール度数が高いのですよ……」

慌てた彩音が水の入ったコップを渡しながらこちらの顔を覗き込んでいる。

「だ、大丈夫だと思います」

アルコールを美味いと感じたのは初めてだけに、大丈夫だと思いたい。けれど、あっという間に目の前がくるくると回りはじめた。

手渡された水を飲むこともままならず、瑛太は情けない思いとともに、意識がフェイドアウトしていくのを感じた。

6

「んふっ……んんっ……。瑛太さん、ごめんなさい……。ぶちゅるるるっ……」

朦朧《もうろう》とした意識の向こう側で、いやらしい水音が響くのを確かに聞いた。

(いやらしい？　湿った音の何がいやらしいのだろう……？)

なぜそう感じるのか判らないが、確かにその音を卑猥《ひわい》と感じる。

「おうぅっ……お、おおっ！　か、感じる……気持ちいいよぉ……」

情けなく漏れた声が、自分の声であることを認識するのにも暫《しば》し時間がかかった。

「感じますか？　気持ちいいのですね？　もっとしてあげます。彩音が楽にしてあげますから……ぢゅちゅるるる……」

おぼろげに意識が輪郭をなしていくと共に、甘い衝撃が下腹部から響き渡る。

瑛太には、はじめそれが夢の中のできごとに思えた。

幸福で穏やかな気持ちであり、それでいて淫靡《いんび》な感覚が全身を突き抜けていく。

けれど、やがてそれは明確な甘い痺れとなって、まどろみからぽっかりと浮かび上がった瑛太を襲った。

（うん？　Hな夢を見てるのか……？　ち×ぽが破裂しそうだ！）

状況は、夢精寸前のやるせなさに似ている。しかし、目覚めても、収まるどころか、さらに切迫感が増していく。

（えっ？　お、お尻？　それも飛び切りエロいお尻が……！）

目を開けた途端に、飛び込んできた光景が世にも美しいお尻のドアップ。淫夢のようで夢ではない。ソファに仰向《あおむ》けになった瑛太に跨り、もじもじと彩音がお尻を振っているのだ。

いつの間にか彼女は、扇情的な深紅の下着だけの悩ましい姿になっている。

ぴちぴちにはち切れんばかりのお尻は、若さに満ち満ちていながらもおんなとしてすっかり成熟していることを雄弁に語っている。

腰高で婀娜っぽいお尻をしていることは傍目《はため》に判っていたが、ここまで丸く肉厚であるとは気づいていなかった。

安産型に大きく左右に張り出し、どこまでもいやらしく男を挑発してくる。

臀部から伸びる太ももなど、まるでエロスの象徴の如くで、瑞々しく艶光りしていて、その触り心地のよさを保証しているのだ。

「えっ、え～～っ？」

混乱した頭がズキンと痛んだことで、アルコールで目を回したのだと思い出された。に、してもだ。何ゆえに、こんなことになったのか。

「あん。お目ざめになったのですね？　大丈夫ですか？　急に倒れられるのですもの、驚いてしまいました……。ずちゅ、ぐちゅっ、ずるん！」

細い首を捻《ね》じ曲げて美貌がこちらを向いた。その赤い薄布に覆われた婀娜っぽいお尻をモジつかせながら、瑛太のスラックスの前を寛《くつろ》げて肉棒をしごいている。

「うおっ！　あ、彩音さん……」

繊細な手指を二度三度と上下させながら、瑛太の反応に安堵した表情を浮かべる彩音。急性アルコール中毒の心配のないことを見極め、こちらを向いていた美貌が元へと戻っていく。

「とっても心配したのですよ。でも、おち×ちんはこんなに元気だったから大丈夫かなって……」

肉幹をゆったりと上下しながら、時折やさしく手指でニギニギと締め付けてくる。

絶妙な力加減は、男の生理を知り尽くしている証拠だ。

「ぐふうううっ、あ、彩音さぁん……」

白魚のような甘手のヒンヤリすべすべした感触と滑《なめ》らかさ。先日も味わわせてくれた快感が脳天に響いていく。

「うふふ。やっぱり、彩音が焦《じ》らしすぎてしまったのですね。おち×ちん、とっても苦しそうでした。だから、早くラクにしてあげたくて……」

手指の締め付けが緩《ゆる》むと、仮性包茎の肉皮をずるりと引き下げられる。

露出した亀頭部に、突然、ぶちゅりと生暖かい感触があたる。

「おぅふっ！　ぐおっ、はぅっ！」

情けない喘《あえ》ぎを漏らしながら何事かと首を上げ、下腹部の様子を覗き見る。

相変わらず豊かなお尻に視界を遮《さえぎ》られ視認できないが、どうやら彩音が鈴口に桜唇を押し当てているらしい。

ぴちゅるるっと艶めいた水音が響くのは、瑛太の先走り汁を吸うからだ。

「あ、彩音さん……！」

手淫ばかりか口淫まで彩音がしてくれるなど、やはり自分は夢を見ているのかもしれない。けれど、押し寄せる気色《きしょく》のよさはリアルそのもので、淫夢のような曖昧模糊《あいまいもこ》としたところは一切ない。甘く、切なく、鋭い快感が、次々に襲ってくるのだ。

「ぐわあぁぁ〜〜っ！　あ、彩音さぁ〜〜ん……っ！」

凄まじい快感に、矢も楯もたまらず瑛太は呻いた。

「んむ、うふぅ……レロレロン。あぁ、瑛太さんのおち×ちん、とっても硬くて、熱いです……」

瑛太の分身をまるで舌先でお掃除するように熱心に舐めてくれる彩音。醜くも歪《いびつ》な肉塊に、何のためらいもなく桜唇と舌を這わせてくれるのだ。

「あっ、あおぉっ、そ、そんな、彩音さん。汚いですよ。俺のち×ぽで、彩音さんのきれいな唇を穢《けが》すのは忍びないです！」

そう口では言うものの、ビンビンに勃起した屹立《きつりつ》は、節操なく彩音の口奉仕を求めてやまない。

「穢すだなんてそんな、彩音は全然構いませんわ……。だって瑛太さんのおち×ちんですもの、愛しいだけです……。それよりも、帰ってからずっと硬くさせていたでしょう……。辛そうにしていたこと、気づいていました……チュチュッ」

気づいていたならお預けなどせず、もっと早く慈悲をかけてくれればいいのに。けれど、彩音にすると、まずは栄養を摂《と》ることが瑛太のためと思ったのだろう。

「それがまさか、お酒で目を回してからも勃たせたままだなんて……」

彩音は悪戯を見つかった童女のようで、ものすごく可愛い。しかも、美肌をつやつやと火照らせているせいか、色っぽいことこの上ない。

「だから……彩音が……ちゅちゅるる……瑛太さんのおち×ちん……慰めてあげていたのれす……レロレロレロン……」

やはり夢の中にいるのかもしれない。瑛太の醜い肉茎を、彩音が舐めてくれているのだから。ふっくらした桜唇の感触と滑るような鮮紅色の舌が、ひっきりなしに瑛太の性感を刺激していく。

「ぶちゅっ、ちゅぱぱぱ、ちゅるるるる……。いかがですか瑛太さん……。彩音のお口、気持ちいいですか？」

ぽちゃぽちゃぷるるんの桜唇が亀頭に触れるたび、瑛太の全身を雷のような衝撃が貫《つらぬ》いていく。

亀頭を浅く含み、先端部分を舌でチロチロと舐め擦る彩音。過敏な部分をくすぐられる快感に、今にも破裂しそうだ。

「ああ、彩音さ〜ん！　ヤバすぎですっ！　……はぉぉっ、超気持ちいいっ！」

心を蕩かせて瑛太は雄叫《おたけ》びをあげた。

昨日味わわせてもらった彩音の手淫に、二度と自慰では満足できないと思ったものだが、その喜悦をその口淫は容易《たやす》く凌駕していく。

「ああん、すごい！　まだ大きくなるのですね……」

短小包茎を自認する瑛太は、彩音が何に驚いているのかよく判らなかったが、またしても首を亀のように伸ばし、自らの下半身を覗き込んで驚いた。

四つん這いになった女体の隙間から見えたのは、いつも以上に肥大した己《おの》が肉茎。相変わらず長さは並以下なのに、その太さはパンパンに張り詰め、まるでジャガイモのメークインのようではないか。

しかも、竿部に絡みついた血管までが野太くなっているため、その醜さはいつに増してひどい。

なのに彩音は嬉しそうに歓声をあげ、つけ根にも指を絡めてくる。しなやかな指に触れられると、またしても亀頭の鈴口からとろりと透明な露《つゆ》が零れてしまう。

「うふふ。我慢のお汁がどんどん出てきます。いやらしい……」

愉《たの》しげにつぶやきながら彩音は、鼻先を亀頭部に近づけていく。すっと息を吸いこむ気配に、匂いを嗅がれているらしい。未だシャワーを浴びていないから、今日一日の代謝できっと肉塊は臭うはず。さすがに瑛太は羞恥《しゅうち》を覚え、身をよじらせた。

「ああ、彩音さん。だめですよ。匂いなんて嗅がないでください」

「どうしてですか？　彩音、瑛太さんのこの匂い、嫌いではありませんよ。ううん、むしろ、好きです」

そう言って艶冶《えんや》に笑う彩音には、少々呆気に取られた。それでも、やはり肉塊の匂いを嗅がれるのは、気恥ずかしい。

「酸性の匂いですけど、男臭くていい匂いです。恥ずかしいけど、この匂いに、彩音は発情させられてしまいますわ」

赤裸々に彩音は告白すると、ふたたび亀頭の匂いを嗅いでいる。様々な分泌物や付着物で、決して清潔とは言い難《がた》く、いい匂いであるはずがない。けれど、確かに彩音の様子からは、その言葉通りいやな匂いと感じていないように思える。

嗅がれることに抵抗がなくもないが、美女にそうさせるのは征服欲を満たされるような愉悦も広がる。

「うれしいです、彩音さん！　ああ、だけどそんなに嗅がれていると、ち×ぽがムズムズしてきます。お願いですから焦らさずに、もう一度擦ってください！」

もっと舐めて欲しいのはやまやまながら、これ以上彩音の桜唇を穢すのも憚られ、擦って欲しいとねだった。

そんな控えめな願いを彩音は、瑛太の満足以上に叶えてくれた。

愛らしくピコンとお尻を持ち上げた彩音は、その上品な口をあんぐりと開き肉塊に近づけてくるのだ。

「うふふっ。もっと刺激的なことをしてあげます。彩音のお口をたっぷりと愉しんでくださいね……」

形のよい唇があんぐりと開き、息を吸いこみつつ肉柱に顔を伏せてくるのだ。

「えっ？　彩音さん？　ぐわああああっ！」

カチカチの屹立が、口唇の中にじわじわと埋没していく心地よさ。

醜悪なまでに太い肉塊と、上品すぎる彩音の桜唇とではサイズ違いも甚《はなは》だしい。にもかかわらず彩音は、悪戦苦闘の末に亀頭部を咥え込むと、ずるずると肉幹も呑み込んでいく。ついには根元まで咥え込み、瑛太に歓びと官能を味わわせてくれた。

「おうっ！　呑まれている！　お、俺のち×ぽがまるごと彩音さんに……！」

婀娜っぽい美尻が左右に揺れるのは、相当に苦しいからであろう。けれど、あの彩音が瑛太の分身を咥えているのだと思うと、背筋がゾクゾクする。

やや早漏気味のいつもの瑛太であれば、これだけで発射に追い込まれていたかもしれない。それでも体のどこかにアルコール成分が残されていたのか、それに助けられ、恐ろしく気持ちはいいものの未だ余力が残されている。

「すごい！　ああ、なんて気持ちいいんだ。彩音さ〜ん！」

スッポリと呑みこまれたところで、熱い唾液とヌメヌメした粘膜が本格的に襲ってきた。蕩けるような快感が、肉幹にじわりと沁み込み、ゾゾゾゾッと全身へと広がっていく。

「ぐふうぉおおぉ！」

瑛太は情けない喘ぎを漏らし、腰から下をぶるぶるっと震わせた。

勃起肉が愉悦に痺れ、甘くさんざめいている。それを感じ取った彩音が、今がその時とばかりに首の上げ下げをはじめた。

肉柱に口腔粘膜がしこたまに擦れる。同時に、根元を握り締めていた手指が呼応して、屹立をしごいてくれるのだ。

一途に、瑛太を気持ちよくしてくれようとする思いやりに溢れている。

「あああ、いいいっ！　最高にすごすぎますよぉ」

泣き出さんばかりに感動を覚えながら瑛太は喜悦の声をあげた。

晩熟の瑛太であってもフェラチオの経験くらいはある。けれど、彩音ほど愛情たっぷりに慰められるのは初めてであり、その振る舞いに較べれば、これまでのフェラなど単なるおままごとでしかなかったのだと痛感した。

「瑛太さんの好きなときに出してくださいね。彩音がしっかり呑み干しますから」

息継ぎに肉塊を吐き出した彩音が、色っぽくも情け深い許しをくれる。

(だ、射精《だ》すって……彩音さんの口の中に？　いや、できるだけ我慢してこの幸運を満喫しなくては……)

決心を固めた矢先、ふいに気が遠くなる。超絶美女の桜唇リングが再びヌルリと亀頭を呑み込んだのだ。

「つあぁ……っつおおお、おっ、おおおおお」

彩音は舌を自在に操っては、鮮烈な愉悦を送り込んでくる。ヒクヒク暴れまわる肉茎の根元に白い指が巻きついた。

「はああ……瑛太さんの我慢汁……ジュジュ……とてもおいしいです」

彩音は熱っぽくつぶやくと、チュッと切っ先にキスしてくれる。そしてヌルヌルとした唾液を全体へまぶし、男の敏感ポイントをあやしてまわるのだ。

（こ、これが彩音さんのフェラチオ。ううう、ヤバイよ……射精《で》ちゃいそうだ！）

瑛太は、こみあげる昂《たか》ぶりをなおも懸命に堪える。だが、その頑張りも首を持ち上げ視線を転じた途端、一気に吹き飛んだ。なんと彩音は、丹念に口腔と片手で勃起をしごきながら、もう一方の手を自らの両脚の間にあてがって、そのあたりを淫らに掻《か》き毟《むし》っているのだ。

（うおっ！　うそだろ。彩音さん、俺のち×ぽ咥えながらオナニーしてる……！）

熱い想いと、猛々しい獣欲が込み上げ、瑛太の理性は露《つゆ》と消えた。

ビジュアルにも刺激され、堪えていた射精衝動が一気に堰《せき》を越えたのだ。

ただでさえ持て余し気味の性欲を今日は一度も放っていない。焦らされるだけ焦らされた上に、刺激的なご奉仕とふしだらな本性を見せつけられて、耐えられるはずがなかった。

「んふぅ……瑛太さんのおち×ちん、ピクピクしています。もう射精《で》そうなのですね」

彩音の見立て通り、肉塊が小刻みに痙攣し、やるせない衝動にわなないている。その反応こそ瑛太の快感の証しと見極めた彩音が、今度は玉袋を口に含んで舌で転がしていく。丁寧に睾丸をしゃぶり、袋の皺《しわ》を伸ばすように舌先で舐めあげるのだ。

「あっ、彩音さん。だめです……。きっ、気持ちよすぎて、もう……」

屹立した剛直に、甲斐甲斐しくも熱心なご奉仕を繰りかえしながら、またしても彩音は自らの股間に片手を運び、お尻をもじもじさせている。

瑛太の興奮が女体にも伝播《でんぱ》するのだろう。あるいはその肉塊を自らの胎内に収める瞬間を夢想しているのかもしれない。

「あぁん……。彩音もダメです……。あそこが疼いて熱い……っ。瑛太さんの目の前なのに、こんなふしだらな真似を……」

白肌がピンクに染まるほど上気している上に、じっとりと汗ばんでいる。やはり彩音は発情しているのだ。女陰に手を忍ばせてしまうのも、ももの付け根を擦らせているのも淫裂のあたりがむず痒くなっているからに相違ない。

けれど、それは全て瑛太の勝手な憶測であり、いま目にしている光景ですら瑛太の妄想が作り上げたものかもしれない。

けれど、彩音が瑛太の肉棒を欲していると想像しながら射精するほど、甘美な絶頂もないだろう。

「ぐわあああっ。ダメです。ほ、本当に射精《で》ちゃいますよぉ……！」

彩音が再度、勃起を喉奥まで迎え入れる。ありったけの愛情をこめて、舐め啜《すす》り、吸いたててくれるのだ。

「うおっ……やめっ！　このままでは彩音さんのお口に……ぐわあぁっ！」

やせ我慢の限界に、瑛太は我知らず腰をあわただしく動かしはじめる始末。彩音もえずきそうになりながら、抽送のピッチを上げている。女体も昂ぶる一方なのだろう。瑛太の眼を憚ることなく、切なく疼く自らの淫裂を妖しい手つきで揉んでいる。

「いいのですよ。彩音に呑ませてください……」

言いながら彩音が、口腔粘膜全体でぬるぬると締めつけた。

「ううう っ！　も、もう射精《で》ちゃうぅ～～っ！」

献身的な奉仕についに瑛太は音《ね》をあげた。熱い衝動が背筋を駆け抜ける。頭のなかに閃光が走り、牡のシンボルが溶解していくのを感じた。

「い、射精《イ》く、イクぅぅっ！」

肉傘をめいっぱい膨れあがらせた男根は、彩音の喉元近くで暴発した。溜まりに溜まった濃厚な液を盛大に噴きあげ彩音の口腔をいっぱいに満たしていく。

「ぐふううぅっ！」

初弾を放った肉塊で、なおもせわしなく喉奥を突いた。

「ぬふんっ！　んん……っ！」

まだ出るのだと察した彩音が、さらなる発射を促そうと刺激を止めずにいる。

「あぁっ、彩音さぁ～んっ！」

ビクン、ビクンと勃起を跳ねさせるたび、大量の精子を放出した。

「むふっ……けほっ、けほんっ……。こ、こんなに、たくさんなのですか？　すごいわ……」

彩音が飲み込むのも間に合わないほど。白濁液が口いっぱいに溢れ、噎《む》せてしまったのだろう。涙目になりながら咥えていた筒先を吐き出した。

「濃ゆいお汁がこんなに、いっぱい……。ごめんなさい。お預けしすぎだったのですね。こんなに溜めていたとは……」

たっぷりと射精させてくれた上に、謝ってくれる彩音の情深さに瑛太は心まで蕩かして射精を続けた。

射精発作が収まるまで、彩音は肉竿を優しく擦り続けてくれている。美人ナースが甲斐甲斐しく介抱するかの如くに。

7

「本当にいっぱい射精《だ》しましたね。すごく濃ゆい精液がまだ舌に絡みついています。あっ、勘違いしないでくださいね。気持ちが悪いって意味ではありません。味も嫌いではなかったですから……」

瑛太の上に跨っていた女体がくるりと前後を入れ替え、瑛太の上に寝そべる。ふかふかの乳房が胸板に押し潰され、心地よい肉の反発を味わわせてくれる。

間近に来た美貌は、発情色に頬を上気させ、この上なく色っぽい。白魚のような手指やふっくらとした桜唇の端に、未だネバネバの白濁液を付着させているのが、あまりにも妖艶だ。

「それよりも、彩音のはしたない粗相《そそう》の数々をお許しください。おかしいのです。普段の彩音はここまで淫らではないはずなのに、瑛太さんの前ではひどくふしだらな真似ばかり……。こんなでは瑛太さんに嫌われてしまいそう……」

瑛太が目を回している間にその下腹部を舐めまわしたり、瑛太の鼻先で自らの女陰を揉んでいたりと、確かにふしだらと言えばふしだらな彩音なのだが、そのどれもが瑛太には魅力としか映らない。

「そんなことありません。第一、俺のためにしてくれているのだし、俺はエッチな彩音さん大好きです。確かに淫らかもしれないけど、それくらいの方が俺は……」

「やっぱりふしだらと思われているのですね……。でも、いいです。瑛太さんの前でだけはエッチな彩音でいさせてください……」

蕩けた表情で、なおも彩音は瑛太の分身を手指で弄《もてあそ》んでいる。お陰で、射精したばかりにもかかわらず肉塊は収まるどころか、さらに硬度を増して猛り狂うばかり。

「ぐおっ。あ、彩音さん。そんなふうに弄《いじ》られていたら収まりがつきません。そしたら今度は、彩音さんを襲ってしまうかもしれませんよ……」

遠回しに彩音を抱きたいと意思表示してみる。冗談めかしてはいたが、やりたい気持ちは本気だ。

「ああ、瑛太さんのおち×ちん、頑張り屋さんなのですね……。射精《だ》したばかりなのに勃ちっぱなし……。いいですよ。彩音を襲いたいのなら、どうぞ瑛太さんのお好きに……」

美貌を真っ赤に染めながらも、まさかの彩音の了承。その可愛さに瞬殺で瑛太は仕留められてしまった。

一も二もなく瑛太は、力づくに彩音と体を入れ替えると、麗しの女体をソファに組み敷いた。

「彩音さん！　ああ、彩音ぇ～～っ！」

見境を失っている瑛太は、即座に深紅のパンティを剝ぎ取ってしまう。まるでレイプの如き狼藉《ろうぜき》にも、けれど彩音は大人しくされるままでいてくれるばかりか、露《あら》わになった下半身をすっと開いてさえくれるのだ。

瑛太は右手を彩音の太ももの内側にもぐりこませ、脚を抱えあげるようにして秘所を剝きだしにさせた。

「あんっ、え、瑛太さん……」

扇状に生えた秘毛の下、淫肉の亀裂が丸見えとなった。おいそれとは覗かせてもらえないはずの秘密の花園。二枚の花びらに縁取《ふちど》りされた縦溝は、長さにして四センチほどの淡いサーモンピンク。初々しくも清楚であり、小陰唇の外へのはみだしも少ない。左右対称に美しく整った美形女陰は、女性器とはこれほど可憐なものであっただろうかと思わせるほど。

「いやん。そんなところ見ないでくださいっ！」

蜜壺《みつつぼ》からは愛液が零れ出し、太ももにまで伝い流れている。これではムズ痒さに手指を運んでしまうのも不思議ない。

それほどまでの濡れは、彩音が自分を欲している証拠。瑛太は剝きだしになった秘所に、肉棒を押しつけながらそう思った。

「あはぁ！　んんっ、んんんっ！」

彩音の女体がびくんと引きつる。瑛太もまた官能の呻きをあげていた。

濡れそぼる淫裂に触れた亀頭部から、秘所の温もりが沁みこんでくる。やわらかくぬめり、心地いい。最高の感触だった。

「いいのですよね？　彩音さん……」

事ここに及んでも彩音の同意を求めてしまう瑛太。対する彩音はその瞳まで濡らしながら瑛太の暴走を許してくれる。

「来てください。彩音は、瑛太さんにしてもらえるのをお待ちしていました……。どうぞ、瑛太さんのおち×ちん、彩音の膣中《なか》にくださ い……」

しなやかに両手を広げ瑛太の首筋に腕をまとわりつける彩音。その美脚も瑛太の腰に絡みつけ、媚肉と勃起肉の接触をさらに深めてくれる。

「くうっ！」

瑛太は腰を捏《こ》ねるようにして、切っ先が蜜壺に埋まる角度を探った。

「あああああっ！」

瑛太も左右の太ももを両脇に抱えあげたから艶腰がますます浮いて、まるで淫裂から鈴口を呑み込むように受け入れてくれた。

けれど、ちゅるんと先端が窪みに嵌《は》まったものの、それ以上は狭隘《きょうあい》すぎてなかなか先に進めない。さすがに力づくでは、彩音を壊してしまいそうだ。

「ああん。本当に太いのですね。でも、大丈夫ですよ。おんなのあそこって、意外と柔軟にできていますから……。赤ちゃんがここを通るのですもの……」

瑛太の心配を打ち消すように、彩音がやさしく微笑んでくれる。けれど、その息遣いはいかにも苦しそうで、瑛太を慮《おもんばか》ってくれているのは明白だ。

それでも彩音がふうっとお腹から大きく息を吐き出すと、幾分膣口が緩んでいく。

「さあ」と目で合図する彼女に合わせ、瑛太は小刻みに孔揉みするように腰を押し出した。

「あっ、あぁっ……挿入《はい》ってきます……。瑛太さんのおち×ちんが少しずつ……あ、ふぅ……ほうぅぅうっ！」

美麗な眉間に皺を寄せ、苦悶の表情で肉塊の侵食《しんしょく》に耐えている。

ぢゅちゅぶぶっと一番野太くなっているカリ首周りを呑み込ませると、あとは膣肉を切っ先で切り開く要領で押し込んでいけばいい。

「あはぁ、太すぎます。こんなに太いだなんて……。彩音のあそこ、拡げられています……あぁ、どうしよう……こんなに拡げられちゃって……」

屹立した肉塊は、ずぶずぶと音をたてるようにして蜜壺の中に埋没していく。

鈴口で蜜肉を食み、膨れ上がった肉傘で膣襞《ちつひだ》を目いっぱいに擦りつけながら、文字通りおんなの孔《あな》を拡張していく。

「あぁ、太いです……内側から拡げられて、息をするのも苦しいくらいです……」

なおも懸命にお腹から息を吐き出そうとする彩音を尻目に、さらに慎重に腰を突きだしていく。太い血管がどくんと脈打つ肉幹の半ばまで、ずるずるずるっと温かなうねりの中に漬け込んだ。

(ああっ、なにこれ……ち×ぽが包まれていくっ……！)

肉襞が竿部にみっちりと絡みつきながら蠢《うごめ》き、奥へ奥へと誘うよう。蜜浸《みつびた》しの肉路はぬめりにぬめり、引《ひ》き攣《つ》れるような抵抗もさほどではなく瑛太の野太い分身を呑み込んでくれるのだ。

彩音の媚膣は狭隘ではあっても、おんなとして十分以上に熟成しており、複雑な構造のうねりとやわらかくもざらざらした感触で瑛太を魅了してくれた。

「あああ、彩音さん！　ぐふうぅっ！」
まるで女陰全体が彩音とは別の生き物のように思える。確かに腰を押し出している
のは自分なのだが、決して瑛太が一方的に貫いているわけではない。瑛太の腰に絡み
つけた美脚を引き付けるようにして、彩音も息を合わせて呑みこんでくれている。
「あっ、あああ、あ……彩音のあそこが……んふぅっ、キュンキュンいっています
……瑛太さんにも判るかしら……？」
こちらを見上げる眼差しがドキリとするほど潤みきって、頬はバラ色に染まってい
る。激しい呼吸に、胸元が大きく波打っている。四肢の末端は、なおも細かく震え、
まるで絶頂してしまったかのよう。
「ああ、すごいです。彩音さん。おんなの人の膣内《なか》が、こんなに気持ちいいものだな
んて忘れていました……。このまま全部、挿《い》入れてもいいですよね？」
肉塊を手厚く歓迎してくれる膣道の収縮に、瑛太は彩音の返事も訊かぬまま、さら
に腰を押し進めた。
「えっ？　ま、待ってください……まだ、全部ではなかったの？　あっ、うそっ……
あはぁ……ダメぇっ……あっ……あぁぁぁ〜〜っ！」
彩音は止まっていた瑛太に、てっきり肉塊の全てを呑みこんだものと勘違いしてい

たらしい。律動が開始されても引き抜かれるものとばかり思っていた美女は、白い喉をうねらせながら、ビクビクビクンと女体を妖しく痙攣させた。ソファに立てられた足指がぴんと反りかえり、若鮎の腹の如きふくらはぎにも緊張が漲《みなぎ》っている。

強烈なエクスタシーが、豊麗な女体を一気に焼き尽くしたようだ。

「はふぅ……あはぁ……おおっ、おおおぉぉっ！」

ふたりの股座《またぐら》がぴたりと合わさり、肉塊を余さず膣肉に嵌めこみ、でっぷりとした精嚢を会陰に押し付けてようやく瑛太は挿入を止めた。

抱えこんでいた太ももをソファに降ろし、自らの上体を超絶美女の完璧なボディの上にやさしく沿わせた。

「あ、彩音さん、大丈夫ですか？」

「えっ……な、何がかしら？　何のことを言っているのです……？」

「だって、彩音さん、ひどく苦しげで……。すみません。俺、あまりの気持ちよさに我を忘れて……痛かったのではないですか？」

「ああん。いやな瑛太さん……。確かに太すぎて苦しかったけど、それだけではありません……。その、瑛太さんのおち×ちんが、あんまり気持ちよすぎて、つい……」

「つい？」

「だから……。もう、瑛太さんのバカぁ……。彩音に全て言わせるのですね。判りました。教えてあげます。彩音は、イッてしまいました……」

「イッたって、俺のち×ぽでですか？　本当に……？」

自信がないだけに、にわかには信じられない。やさしく人を慮ることのできる彩音だから、その苦しさを隠し、本音を偽っているのではないかとさえ思う。

醜く膨れあがった瑛太の分身を受け入れ、まさか彩音が達するなど信じがたい。

「本当です。本当に彩音はイッてしまいました。だから、瑛太さん。責任を取ってくださいね」

思いがけない言葉に、瑛太は首を傾げた。

「責任？」

「こんなにすごいおち×ちんを覚え込まされた上に、こんなに内側から拡げられてしまったのですもの……。きっと彩音のあそこガバガバにされてしまって、瑛太さんのおち×ちん以外は……」

愛らしくお道化《どけ》ながら、はしたない台詞《せりふ》を彩音が吐く。彼女が本気で詰《なじ》っているわけではないと判っていても、そう言うことかと瑛太は妙に納得した。

実際、彩音の言葉を裏付けるように醜悪な肉塊を咥え込んだ膣口は、痛々しいまでにパツパツに拡げられている。

「うん。責任を取ります。彩音さん。俺のものになってください。だから、もう俺のち×ぽ以外は、ま×こに挿《い》入れさせちゃダメですよ！」

永遠の誓いをする覚悟で瑛太は、その言葉を吐いた。彩音ほどのおんなを娶《めと》ることができるなら何一つ後悔はない。

「本気ですか？　彩音はふしだらですよ。後悔しませんか？　彩音の淫らさに瑛太さんは呆れてしまうかも……。あふん、これから彩音は、瑛太さんのおち×ちんでもっと乱れます……。だって、ただお腹の中にあるだけで、彩音の全身はこんなに火照ってしまい……あはんっ！」

押し寄せる官能を白状するたび、彩音の感度はさらに上がっていくらしく、瑛太が何もせずともその豊穣な肉体をくねらせている。

そのあまりに色っぽい眼差しに引き込まれるように、瑛太はずいと顔を近づけ、その唇を掠め取った。

身を乗り出したため我知らずのうちに、媚膣を占めていた肉塊がずるりとその位置を変え互いの粘膜を擦る。

「んふぅっ……んふぅ、あッ、ああん……。ま、待ってください。彩音は瑛太さんのものになるのでしょう？　だったら彩音の全てを見てください……」

瑛太の熱い口づけを受けた彩音は、自らの背筋に腕を回し、唯一その身に残されていた深紅の薄布を外した。

途端にブラ紐が撓《たわ》み、深紅のカップもずれ落ちていく。正面に戻された彩音の腕は、潔く肩の紐を外すばかりで、ブラカップが頂上から離れていくのを容認している。

「あ、彩音さん……」

ブラカップの容量ギリギリまであふれていた柔肉が、ふるんとその全容を現した。グンと前に飛び出すようなロケットおっぱいは、挑発的で迫力たっぷりの眺め。まるで水風船のようにパンパンに張り詰め、彩音が寝そべっているにもかかわらず重力に負けることなく容《かたち》をくずさない。それでいて極上のやわらかさであることは、さんざん二の腕や胸板に擦りつけられていたため承知している。

一種神々しくさえ感じさせるのは、その色の白さと共に、淡い桜色の乳輪が小さいせいかもしれない。

「こ、これが彩音さんのおっぱいなのですね。バスト何センチあるのですか？　悩ましく揺れるのを俺、何度も見てました」

正直に告白しながら明け透《す》けに質問してみる。

「八〇センチです。Dカップだから巨乳というほどでもないでしょう？　瑛太さんのお好みのサイズでしょうか……？　瑛太さんの視線が、彩音のここに注がれていたことは知っていましたけど……」

彩音は頬を赤らめながらも答えてくれた。

瑛太は、再びその彩音の桜唇をちゅちゅっと掠め取ってから、その口唇をデコルテラインに滑らせ、そのままゆっくりと盛り上がる乳丘へと這わせた。

「あうんっ……。あ、ああん……」

首を器用に捻じ曲げながら、薄紅に染まる純白のふくらみを唇粘膜と舌腹で舐めまわす。

本能に任せた愛撫だったが、彩音は薄目を開け、口を半開きにした悩ましい表情を見せてくれる。経験不足の瑛太にも、女体に官能の潮が満ちていることが判るようになってきた。

「おっぱいを舐められると彩音さんのおま×こ、キュムキュムッて締めつけてきます。本当に彩音さんのま×こ、エッチなのですね」

「んふぅ……瑛太さんだってエッチです。そんなにいやらしく乳首に悪戯しないでください。あはぁ、ダメです。吸うのはもっとダメぇっ！」

びくびくんと妖しく女体がのたうつのをいいことに、瑛太は乳蕾を唇に捉えチュウチュウと吸いつけた。

途端に、瑛太の口腔の中、乳首はツンと上向き、ムリムリッと円筒形にその容積を上げていく。

「あぁン、いけません。気持ちよくて頭の中がトロトロになっています。お願いです。彩音にしてくださぃ……。おち×ちんを使って、しっかりおま×こをかき混ぜてください……あはぁっ」

先ほどまでの清楚な色気とは打って変わり、まるでおんなの本性を晒《さら》したかのような凄絶な色香を放ちはじめる彩音。空恐ろしいまでの美と官能を見せつけられ、瑛太は我を忘れて本格的なピストン運動を開始させた。

ソファの背もたれを片手で摑み、上体を安定させて、ずんと腰を落とし込む。

「はううぅっ……あっ、はぁぁぁ〜〜っ！」

淫らな膨満感に充溢され、彩音が仰《の》け反《ぞ》るようにして身悶えた。

「いいのですよね？　俺のち×ぽがいいのですよね？」

確かめながらも腰の動きは、ずるりと肉塊を引き抜く動きへと一転させている。

「そうです。彩音は悦んでいます。あはぁ……おち×ちん出し入れされて、全身が歓《よろこ》びに震えていますぅ……」

奔放な物言いも瑛太を勇気づけるためのもの。否、この奔放さこそが牝としての彩音の本性なのかもしれない。

（ああ、でも彩音さんは、いつでも上品で、美しい……。ビッチのように振る舞っていても、娼婦のように妖艶に挑発してきても……）

瑛太の抽送は、彩音の反応を窺《うかが》いながらである分、それほど激しいものではない。けれど、そのゆったりとした腰使いには躊躇いや迷いは一切なく、男根を根元までみっちりと埋没させては、ぎりぎりまで抜き取るのだ。

一度フェラチオで抜いてもらったお陰でここまでやせ我慢できたが、そろそろそれも限界が近づいている。

「あっ、ふっ……んんっ……あんっ」

堪えきれなくなった瑛太は、腰を強く押し出し、肉茎を根元まで埋めなおす。刹那に、ごりんとした手応えを感じた。肉茎の鈴口に当たる位置まで子宮口が降りているらしい。

「きゃうううっ！」

甲高い声で媚牝が呻いた。孕むことを望み降りてきた子宮そのものが、よがり啼《な》きを晒しているのだ。

「彩音さん！」

子宮口を擦られた彩音が、瑛太の方に美貌を持ち上げたのをいいことに、その無防備な桜唇を今一度情熱的に奪い取る。

「むふん！　ふぬうぅ……おほぉ……おおおおん！」

半開きにして受け止めてくれるふっくら肉厚の唇。ヌラヌラした朱舌が積極的に瑛太の口腔に侵入し、べったりと絡みつく。その甘い舌を瑛太は、力強く吸った。

「むほん、ほふぅっ……あ、はあァ……くふううん」

息苦しくも激しいキスを、攻守を替えて求めあう。

小鼻を膨らませ息継ぎする彩音は、ハッとするほど色っぽい。

瑛太はその美貌を眺めながら、汗に湿る豊かな雲鬢《うんびん》を梳《くしけず》り、白い首筋にねっとりと舌を這わせた。

「あうん、あはぁ、彩音またイキそうです……。お願いです。もっと激しく突いてください……っ！」

悩ましくおねだりしながら彩音自身が蜂腰を浮かせ動かしはじめる。ヒップを持ち上げ、背筋を反らして、しゃくるように瑛太を追い上げてくるのだ。

「ほうっ……あ、あはぁっ……。いいッ！　あっ、あっ、あぁんっ！」

　男をその気にさせる激甘の腰つきに、負けじと瑛太も腰を振っていく。肉棒で蜜壷を掻きまわし、カリ首で膣襞を擦るたび、強烈な肉悦が瑛太の股間を襲った。

「あっ、あっ、あっ、や、激しい……。あはぁっ、いいです。気持ちいいっ！　あぁん、激しいのが気持ちいいッ！」

　夢中で女陰を突きまくると、彩音の両手が瑛太の首筋に再び絡みついた。首を反らせて喘ぎながら、ストレートな抽送に合わせ、なおも腰をしゃくりあげてくる。

　彩音が懸念したはしたない姿は、かくも色っぽくて、かくも可愛いらしく、かくも淫らで、そしてかくも美しい。もはや瑛太は、すっかり彩音の中毒だ。

「は、あはぁ……瑛太さん、好きです。あぁ、瑛太さんが好きすぎて、彩音は子宮を痺れさせています……っ！」

「お、俺も彩音さんが好きです。好きで、好きで、射精《で》ちゃいそうです！」

　そう口にしただけで射精衝動が一気に高まった。鈴肉をパンパンに膨らませ、肉幹に荒縄の如く巻き付いた血管を激しく脈動させている。会陰に叩き付けている精嚢はクルミのように凝縮し、強烈な熱を放っていた。

「ああっ、射精《だ》してください。瑛太さんっ。彩音のすけべなおま×こに、いっぱい射精《だ》してください。一緒に彩音もイキますからっ！」

切羽詰まった牝啼きと共に細腰がまたもクンと持ち上がる。ぴちぴちの媚脚が、瑛太の太もも裏に絡みついた。

彩音の蠱惑的な中出しおねだりに、たまらず瑛太は抽送のピッチを上げた。降りてきた子宮口に鈴口がコツコツとあたるのもお構いなしに、短いテンポでさらに掘り起こすのだ。

「ぐあぁぁっ、い、いいですよ彩音さんっ！　ぐふぅっ！　も、もう駄目です！」

「あ、彩音もイキますっ！　ねえ、一緒に、一緒にぃ〜っ！」

叫びながら背筋を撓め女陰を突きだす彩音。一気に超絶美女が肉悦を昇りつめた。ぐっしょりと瑛太の茂みを濡らす本気汁がその証しだ。

「ぐおおおお、射精《で》る！　彩音さんっ、射精《だ》しまぁ〜〜すっ！」

叫んだ瞬間、膨れあがった下半身に全神経が集中した。内側に滾《たぎ》る熱い劣情が、出口へと向かいドドドッと尿道を遡る。

「つくうう、きゃううう〜〜っ！」

灼熱の精子を子宮に浴び、再び彩音もアクメする。美しい太ももに、ビクビクと痙攣が起きている。

美麗な女体を発情色に染めたまま悦楽の極みで、子宮に注がれた熱い迸りに身を震わせているのだ。

「彩音さん、凄すぎですっ！　イキま×こ、びくびく痙攣していますよ！」

超絶美女に種付けする充実感。獣欲のままに、彩音の女陰を焼き尽くす悦び。牡の本能がたっぷりと充たされた。

（ああっ、めちゃめちゃ射精《で》てるっ。ち×ぽが壊れたみたいに射精が止まらない！）

自らの頭の中に放出音が響くほどの勢いで、濃厚な子種を媚肉に注ぎ込んでいる。

ドクン、ドクンと吐き出すたびに全身が反りかえるほどの快感が、繰り返し押し寄せる。

彩音の媚孔の中で亀頭部を激しくのたうたせながら、夥《おびただ》しく白い穢濁をまき散らすのだ。

「ぐおぅ、はぁ……ほぉ、はぅっ……ほふぅ……」

ようやく全てを放出し終えた瑛太は、全身の力を抜いてどっと女体に倒れ込んだ。

「こんなに気持ちのいい射精、はじめてです……。ここまで満足したセックスも初めてかも……」

短く呼吸を繰り返しながら、瑛太は官能の余韻を味わった。

「彩音もです……こんなに素敵なセックス、初めて。瑛太さんのおち×ちん、本当に頑張り屋さんなのですね……」

子胤《こだね》を放出しきって力尽きた瑛太を媚乳で受け止め、やさしくその頭を撫でてくれる彩音。激甘中毒に瑛太を溺れさせるつもりなのだろう。

気だるく満ち足りた時間を、瑛太はいつまでも乳房をまさぐりながら過ごした。

第二章　女上司の完熟媚尻

1

「おや、また新しい住人か……。最近ずいぶん引っ越しが続くなあ……。まあ、それはやっぱ、いいことだよな」

マンションの玄関前に、運送屋の大きなトラックが横付けされ、荷物が次々と搬入されている。

これまでの顔見知りの住民が次々に減り、心細くも寂しい思いをしていたが、ここに来て急に新たな入居者が増えはじめている。

新たな住人が増えると、時に、古くからの住人との間にいざこざを起こすこともあるが、老朽化の進んだマンションの新陳代謝が進むことは、歓迎すべきことだろう。

第一、彩音のような例もある。新たな出会いが、どのような人間関係をもたらすかは神のみぞ知ることだ。

「にしても、大型トラック三台とは凄い引っ越し荷物だなあ……。こんなに多くの荷物入るのかなあ？」

景観も一つの財産と考えるマンションでは、見晴らしのよい上の階ほど高級となる。それは新しいマンションも古いマンションも変わらない。

瑛太の住むここでも、上の階ほど高級となり、その間取りも３ＬＤＫ、４ＬＤＫと大きなものとなっていく。

必定、そこは裕福な住人で占められ、運び込まれる家具なども一つひとつが大きく、その嵩《かさ》も増す理屈だ。

目の前の引っ越し荷物も、その量といい、垣間見える調度の高級そうな質感といい、上の階に住むにふさわしいものと言える。

「ふーん。殿上人のおなりかぁ……」

密かに瑛太は、二つしかない最上階の住人を天上界と掛け、殿上人と呼んでいる。

間違いなく新たな住人は、その殿上人であるらしい。

横目でトラックの中身を検分しながら瑛太はそう判断した。

こんな古いマンションであっても、住もうとする金持ちもいるのだと、妙な感心をしてしまう。

「まあ……いずれにしても俺とは縁のない人種だな」

同じマンションに住みながら生活レベルが格段に違っているのだ。ひがむつもりはないが、自然と瑛太がそう考えるのは、このマンションの一室が唯一の財産である天涯孤独の身の上からか。

「ああ、でも今の俺は違うのだった……。いまは彩音さんがそばにいてくれる」

独りであることに慣れ切っていた瑛太だから、まだどこかその実感を得られていないが、すぐにでも彩音と身を固める覚悟はできている。

二人が結ばれて一週間、瑛太は連日、彩音の部屋に泊まり、ほとんど一晩中愛しあっては会社に通う毎日。

眠気との戦いは辛かったが、そこはまだ馬力十分の若さがある。加えて相変わらずの絶倫ぶりが最大の武器となった。

毎晩そんなに求めては嫌がられるかと思いきや、彩音からも積極的に求めてくれるから瑛太としては願ったり叶ったりで、入りびたりになるのも当然だ。

しかも彩音には、料理上手という家庭的な一面もあり、胃袋も下半身もすっかり摑まれている。

彩音が、どういうつもりでこうも瑛太に甲斐甲斐しく尽くしてくれるのか、正直なところよく判らない。

愛されていると言ってしまえばそれまでだが、どこかでこんなしあわせすぎる毎日には終わりが来るのではとの不安もついて回る。

万が一にも彩音を失うような時が来たら、二度と立ち直れなくなりそうな恐怖さえ感じていた。

(こんな奇跡みたいな日々が、いつまで続くのだろう……。彩音さんのことは絶対に失いたくない。そのためにも彩音さんをしあわせにしなくては……)

幸い瑛太は彩音と何でも話せる関係を築きつつある。

ほとんどが寝物語にではあったが、彩音の生い立ちから現在まで、かつてどういう恋愛をしてきたかまで、瑛太が知りたいことを彩音は包み隠さず聞かせてくれた。

帰国子女の彼女が今は翻訳の仕事を生業にしていること。このマンションは、年老いた叔父夫婦から管理を任され越してきたこと。

かつて愛した三人の恋人との性交渉まで、明け透けなまでに赤裸々に教えてくれるのだ。

時に瑛太は、その男たちに嫉妬しては、また熱烈に彩音を求め、彼女もまたその男たちとの過去を払《ふっ》しょくするように奔放に瑛太を迎え入れてくれた。

瑛太もまた何をやっても一番になれずB太として過ごした冴えない過去や、自らの性欲の強さまでを全て話した。

「性欲が物凄くて、無性にやりたくなるのです。まるで中毒みたいな感じ……。十代の頃からずっとで……。それを抑《おさ》えるために、毎日何度もオナニーを……」

「うふふ。それでしたらいつでも彩音に仰《おっしゃ》ってください。瑛太さんのお相手ならいくらでも……。その代わりいっぱい彩音をイカせてくださいね……」

恥ずかし気に頬を赤く染めながらも、お道化た口調で彩音が請け合ってくれたのだ。

お陰でわずか一週間ほどの蜜月の間に、肉体的にも精神的にも深いところで互いを理解しあうことができた。

比翼連理《ひよくれんり》のつがいのように睦《むつ》まじく、数瞬を惜しんで肉体を求めあった。

「にしても、出会って一週間しか経っていないのに結婚を申し込んでも、受けてもらえるかな……。ひと月でも早いよなあ……。どれくらいで申し込めばいいんだぁ？」

そんなことを考えながら、ニヘラッと頬を緩ませる瑛太。しあわせボケにマンションのエントランスの段差に躓《つまず》きそうになった。

「おおっと、危ない……。おやぁ、あれは彩音さん……。また、恥ずかしいところを見られたかぁ？」

たたらを踏んで顔を上げたところ、ガラス張りの玄関ホールの向こう側で彩音が笑っているのを見つけた。

偶然出くわしたわけではない。瑛太から帰宅するとメールで知らされた彩音が、出迎えてくれていたのだ。

「うふふ。お帰りなさいませ。危なかったですね……」

クスクスとおかしそうに笑う彩音に、瑛太は照れたように盆《ぼん》の窪《くぼ》に手を当てた。

「ただいまです。彩音さんには、いつも恥ずかしいところばかり見られて、情けないばかりです」

どんなに笑われようと、彩音が笑顔でいてくれるなら構わない。いつでも瑛太は道化になるつもりだ。

「気を付けてくださいね。ケガをされては困ります……」

自動ドアを潜り抜けた途端、彩音の腕が瑛太の腕に絡みついた。

どんな時も瑛太のことを気にかけてくれる彩音に、その場で彼女を抱きしめてしまいたい衝動に駆られる。

彩音のことが好きすぎて、早くも下腹部に血液を集めている。二の腕に当たる魅惑のふくらみもそれを助長した。

けれど、さすがに瑛太にも一応の公衆道徳くらいは備わっている。いくら自分のマンションの玄関ホールであっても、ここで彼女を抱き締めるのはさすがにまずい。

ぐいっと肘を突き出して、やわらかいふくらみの弾力を愉しむのが精いっぱいだ。

「あん……。もう瑛太さんったら……。こんなところでおいたしてはいけません。誰に見られるか判りませんよ……」

瑛太をやさしく窘《たしな》めながらも、彩音は頰を心なしか上気させている。

「確かに、ここではまずいですね。早く部屋に行きましょう。すぐに彩音さんが欲しいです！」

瑛太の性急な求めにも彩音は眉根ひとつ顰《ひそ》めたりせず、むしろしあわせそうに「はい」と頷《うなず》いてくれる。

瑛太はウキウキしながらエレベーターを呼ぶボタンを押した。

まもなくエレベーターが最上階から到着し、中から一人の人影が降りてきた。

ぺこりと彩音がその相手に小さな会釈をする。

「こんばんは」

「こんばんは……」

同じマンションに住むもの同士の、何気ない挨拶が交わされる。

飽くことなく彩音ばかりを見ていた瑛太も、挨拶のためその人影に顔を向けた。

途端に、瑛太の視線はその美貌に吸い込まれるように貼り付いてしまった。

ズガガガンと落雷を全身で浴びたような衝撃。はじめて彩音を垣間見た時の衝撃に勝るとも劣らない。否、それ以上のインパクトをもって瑛太の視線をくぎ付けにしている。

贔屓《ひいき》でもなんでもなく、どんな女性よりも彩音を美しいと思っていたが、目の前に現れた女性の美しさには、彩音を上回る何かがあった。

あるいはその整った美しさや華やかさ、若々しさであれば、彩音の方が勝っていると思う。けれど、その三十代前半と思《おぼ》しき女性には、まさしく女神が降臨したかの如き尊さと、どんな男でもたちどころに誑《たぶら》かしてしまいそうなオーラというか、色気のようなものがあるのだ。

国をも揺るがす傾城の美女とは、彼女のようなおんなを指すのだろう。まさしく一国をふいにしても惜しくはないと思えるほどの美しさなのだ。

女優とかモデルが越してきたのかとも思ったが、目の前の彼女にはそんなメディアなどに登場しそうな俗なところが感じられない。

もっといずこかの王族とか、やんごとない身分のご息女といった世間離れした雰囲気を醸《かも》し出している。

そんな傾城の美女が、すーっと瑛太の真横を優美に通り抜けていくのだ。

「瑛太さん……？」

立ち尽くす瑛太を現実に引き戻したのは彩音だった。

気が付くと美女はすでに歩き去った後らしく、煙のように消えている。

甘い残り香だけが、瑛太の鼻先を悩ましくくすぐった。

「えっ？　あっ、ああ……」

瞬時に魂を抜かれていたことを、彩音に隠すこともできずにいる。

「とてもきれいな人でしたね。同性の私でもうっとりしてしまうほどでした……」

言いながら彩音が絡みつけていた腕の力をふいに強める。

珍しく悋気《りんき》を露わにしているのだ。

「あんな人が瑛太さんの理想なのではありませんか？」

言い当てられた感は拭えないが、もとよりあれほどの美女は、瑛太などに歯牙にもかけることはないはずだ。

既に絶世の美女である彩音と結ばれたことが、天地がひっくり返るほどの奇跡であり、分不相応ほどのしあわせを手に入れたと感じている。そんな自分が、さらなる幸運を求めるなど身のほど知らずも甚だしい。

「確かに啞然《あぜん》とするほどの美女でしたね。けれど、あそこまで美しい女性の側《そば》では、息が詰まりそう……。実際、俺、いま感電したみたいに動けなくなりました」

「うふふ。彩音くらいが丁度いいってことですね」

「いやいやいや。丁度いいどころか、俺如きに彩音さんは過ぎた人です。ホント、月とスッポンで、もったいなさ過ぎですよ。でも、スッポンは嚙みついたら離しませんよ。絶対に彩音さんから離れません！」

彩音のほっぺたに嚙みつく素振りでお道化る瑛太。「いやだぁ」と明るく笑う彩音に、一瞬でも他の女性に目を奪われたことを心中に「ごめん」と謝った。

2

「それにしても驚きました。まさか主任が同じマンションに越してくるなんて……」

こんな偶然があるものかと思うものの、現実にウソのようなことは起きるものだ。

実際、偶然以外に亀田莉奈がわざわざ瑛太と同じマンションを選ぶ理由がない。

「だからね、主任なんて呼ばないでよ。莉奈さんでいいと言ってあるはずよ。私も瑛太くんって呼ばせてもらうから……にしても、本当にね。まさか会社の同僚が住んでいるマンションを購入したなんて……」

その日、莉奈の歓迎会をかねた開発室の飲み会が行われた帰り、たまたま彼女と同じ方向であることを知った瑛太は、女性が夜道を一人歩きするのは危ないと慮り、

「近くまで送ります」と手を挙げたのだが、驚愕の事実を知ることとなった。

見慣れた路地を歩いた末に行きついたのが、まさかのこのマンションだったのだ。

「こんなことってあるのねえ。もしかしてこれって運命かしら……」

涼やかな人形さながらに整った顔立ちの美女が、はんなりとお酒に頬を赤らめ、妖艶な桃花眼でじっとこちらを見つめながらドキリとさせることを言うものだから、瑛太の心臓がぎくしゃくと妙なテンポで早鐘を打った。

「うふふ。公私ともによろしくね」

軽やかにマンションのエントランスを上っていく莉奈の、悩ましい腰つき。むっちりとした尻肉をプルン、プルンとやわらかそうに震わせ、妖しく左右に揺れまくる。

その艶尻を眺めながら、またしても我が身に訪れた大幸運を瑛太は神に感謝した。

離婚して独り身となった莉奈が、何を好きこのんで、このマンションを選ぶことにしたのか。その経緯までは、あまりに立ち入るようで聞けなかったが、れっきとした事実として莉奈は瑛太とひとつ屋根の住民となっていたのだ。

お陰で急速に、二人の距離は近づいた。

同じ職場で同じ商品開発に取り組む一方、住まうところまでが一緒となったのだから気心が知れるのにさほど時間を要さない。

莉奈が赴任した当初、絶対に彩音と莉奈のふたりをゲットすると決心したことを今さらながら思い出す。

どちらか一人ではない。どちらも超がつくほどの高嶺の花なのだから、ふたり共に落とすくらいの意気込みがなくては、即座に玉砕すると考えていた。

現実に彩音と愛し合う仲となった以上、本来であれば莉奈もゲットしようなどと考えるのはいけないと、判《わか》ってはいる。

けれど、莉奈は職場の上司なのだから彼女に近づくことは、仕事にもプラスとなるはずとの思いが免罪符になっていた。

当然、同じマンションに住んでいると、通勤の電車も同じになることがある。

できるなら、朝は彼女と同じ電車に乗りたいと、駅のホームで莉奈の姿を探すのがこのところの瑛太の日課になっていた。

そんなある日――。

「いまの莉奈さんだったよな。後ろのドアのあたりに滑り込んだか……」

その朝、瑛太は電車に乗り込んだ際に、莉奈が同じ車両の一つ向こうのドアに駆け込んでくるのを目敏《めざと》く見つけた。

「ちょっと混んでいるけど、朝からついているぞ！」

ここ数日、電車ではうまく莉奈と遭遇できなかっただけに、瑛太は幸運を味わいながら、彼女の傍《かたわ》らに近寄るべく移動を開始した。

けれど、朝のラッシュ時の電車内の混雑ぶりは半端《はんぱ》ではない。莉奈らしき姿は、見当をつけた位置に認められたものの、人ごみに妨《さまた》げられて、なかなかそちらに進めないのだ。

仕方なく、次の駅まで待つか、と諦めざるを得なかった。

それでも莉奈の姿だけは、相変わらず目で追っている。

右に左に揺れる彼女は、いちいち周りの乗客たちにぶつかっては謝っていた。

（ああ、あんなに揉みくちゃにされて……。でも、どんなシチュエーションでも、やはりすごい美人にはかわりないよなぁ……）

グレー系のレディーススーツに、やはりグレーのスカート姿は、大人しめながら凛としたビジネススタイル。中に着込んだギャザーの入ったオフホワイトのシャツも、よく見かけるオフィスファッションの域を出ていない。その地味な服装からも、バツイチのおんなが放つバリアのような頑なさが滲み出ている。

にもかかわらず、彼女にはそれ位では隠しきれない、ゾクリとさせるような色香があった。

特に目を惹《ひ》くのは、破壊力抜群の悩殺ボディ。

長身とまでは言えないまでも、女性としては申し分なく高く、すらりとしている上に小顔でもあるため八頭身のバランスが優美に保たれている。

すんなりと伸びた手足といい、キュッと締まった細腰といい、年増痩せして無駄な脂肪をすっきりと落したシルエットなのだ。

それでいて痩せぎすではなく、ムチムチと肉感的でムンと牝が匂い立つほどに熟れていることが見た目にも判るほど。

（莉奈さんは美しいだけでなく、ド派手なメリハリのエロボディだものなぁ……）

瑛太が仕事中も見とれてしまうのも無理はない。

推定Eカップの美巨乳は、扇情的なお椀型《わんがた》を形成して、清楚な美貌と釣り合わない気もするが、そのアンバランスさがたまらない魅力となっている。

続くボディラインは、ふくらみを越えた途端に砂時計さながらに細くくびれ、熟れによる丸みだけ残しながら絞り込まれていく。

さらにその先の腰つきがまたたまらない。

いやらしいまでに急激に左右に張り出し、見事な安産型に発達させている。その尻《しり》朶《たぶ》にもたっぷりと脂を載せた完熟媚尻なのだ。

そんなどこもかしこも熟れさせているから、ひとたび彼女が歩き出すと、マッシブな胸元はユサユサと、そしてむっちりとした尻肉がプルン、プルンと、女体の上下で、悩ましくも妖しく揺れまくるのだ。

（あれっ？　莉奈さん、なんだか、いつもよりもさらに色っぽいかも……）

温湿度の高い車内で小高くなった頬を上気させ、どことなく艶めいて見せている。

（やっぱ莉奈さんの側に行こう）

「すみません」と謝りながら人ごみをかき分け、じりじりと莉奈に近づくにつれ、彼女の様子がおかしいことに気づいた。

「いやです。止めてください……」

遠目ではよく判らなかったが、明らかに莉奈は嫌悪の表情を浮かべながら何かを拒絶している。

しかも、どういう訳かこれだけ混雑している車両にあって、彼女の周りにだけぽっかりと空間ができていた。

「なるほどそういうことか。美人過ぎると、こんなデメリットがあるんだ……」

ようやく何が起きているかを見て取った瑛太は、妙な感心をしている。

莉奈の背後に取り付いた男が一人。痴漢よろしく、そのお尻や太ももを撫で回しながら懸命に彼女を口説こうとしている。

(ああ、また面倒臭そうなのに取りつかれちゃったなあ……)

瑛太が面倒臭そうと評した男が、いわゆるガラの悪いヤンキーでありながらチャラ男っぽい口調でまくし立てている。

「お姉さん。そんなに気取らずに、ちょっと俺と付き合っちゃおうよぉ。このナイスバディたっぷりと可愛がってあげるからさぁ。ホテルでもしけこもうぜぃ。それとも、ここではじめちゃうぅー？　お姉さんの恥ずかしい姿、みんなにも見せちゃおうか」

一見、そのチャラ男ヤンキーは、イケメンに見えなくもない。けれど、粗暴な性格がその顔にも表れている分、余計にやばいオーラが滲み出ていて、周りの乗客を遠巻きにさせるのだ。

さらに、普通ならこれだけ衆人環視の中で破廉恥な真似などできるはずもない。微妙に呂律《ろれつ》の回っていない口ぶりからして、酒に酔っているようにも見えた。

「いやです。誰があなたなんかと……。離して、離しなさい。ああ、誰か助けて！」

男のゴツゴツした手が、莉奈のスカートの裾《すそ》に及び、そのおいしそうな太ももを撫でさすっている。

「ふーっ！　お姉さん、気が強いぃ。それでこそ墜《お》とし甲斐があらぁ。にしても朝から電車なんてと思ったけど、乗ってみるもんだなぁ。こんなに美味しそうなお姉さんと巡り合えるのだもの。どうだろ、このいやらしいおっぱい！」

どんな女優やモデルでさえ逃げ出してしまいそうなほどの美女。しかも、その女体は美の女神の祝福を誰よりも受けた男好きのするパーフェクトボディなのだ。

それ故に、時に、こんな面倒臭そうな男まで引き寄せてしまうのだろう。

「いやです。やめなさい。汚らわしい！　こんなこと許すはずないでしょう！」

瞳に涙を浮かべながらも気丈に男を拒《こば》む莉奈。しかし、ヘラヘラとした口調と表情と裏腹に背後から力ずくで、しっかりと彼女をホールドしている。

「汚らわしい？　お高くとまってるねぇ。こっちがお姉さんみたいな年増を相手にしてあげてんじゃん。ボランティアだよボランティア。俺に誘われてるうちに素直になんなよ。それとも本当にここでやっちゃうー？　そんなに恥をかきたいわけ？」

莉奈を摑まえているのとは反対側の手が、彼女のスカートの奥へと消えていく。

「あっ。だめです。あぁ、いやぁ……。誰か助けて。お願いです、助けてくださいー！」

羞恥と逼迫した危機に、莉奈は美貌を青ざめさせている。

もがく彼女を自らの体と肘で抑え込み、その男は空《あ》いた掌で莉奈のやわらかそうな乳房を鷲摑みにした。

「うひょおっ。エロいおっぱいしてんじゃん。超やべえよ。揉み応えばつぐん！」

おんなを弄《いじ》ることに慣れた手つきが莉奈のたわわなふくらみを蹂躙《じゅうりん》していく。

「あっ。だめっ。触っちゃいやあ！」

莉奈の意識が胸元にいく隙に、ここぞとばかりに男の手がパンティの船底を襲う。

やさしさの微塵もない手つきながらおんなのツボを心得た手練《てだれ》なのだろう。女体がビクンと引き攣れると同時に、莉奈の口から「はうぅっ」と悩ましい声を搾り取った。

（ああ。必死の莉奈さん、なんて色っぽい……！）

瑛太は、能天気にそんなことを思いながらも、すし詰め状態の車両を移動して、ようやく彼女と男の周りにできた境界にたどり着いた。

「お兄さん、なに？」

人垣から一歩踏み込んだ瑛太を、剣呑《けんのん》な目つきが値踏みする。とたんに、ぷんと猛烈な酒臭さが鼻をついた。やっぱり、相当酔っ払っているらしい。

（うわぁ、朝っぱらからこんなに呑んで、やっぱやばそうな奴……。それでも俺が莉奈さんを助けなくちゃ……）

いつもなら竦《すく》んでしまいそうなシチュエーションだが、莉奈が狼藉を受けるのを放置するなど、とてもできない。

「あのぉ。その人、放して頂けないでしょうか？　いや本当に、お願いしますから……」

瑛太が頭を下げたところで、男には何の得にもならないことなど百も承知だが、ほかに出来ることなどない。

「え、瑛太くん……」

突然現れた冴えないヒーローが、瑛太であると気づいた莉奈は、果たして安堵《あんど》してくれただろうか。いかにも期待薄の瑛太だから、がっかりしているかもしれない。

チャラ男もどきも瑛太を格下と値踏みしたらい。

「なんだぁお前。このお姉ちゃんの知り合い？　俺をダシにして、いい恰好見せようなんて、舐めてんじゃねえぞコラァ！」

酔いに任せて凄《すご》んで見せる顔は、醜さばかりが感じられた。

「い、いい恰好見せようとは思っていませんが、その人、知り合いなんですよ……。そのへんで、許してもらえませんか？」

威嚇されて内心は震え上がっていたが、瑛太はどうにか声をはげまし、相手を見据《みす》えた。恐ろしいとは思っていても、引くつもりがないと伝えねばならない。

「てめえ。いい加減にしとけよ！」

男は右腕に抱えた莉奈をようやく解放すると、一も二もなく瑛太に殴り掛かってきた。

（うわわ……！）

瑛太は高校時代に、ほんの少しだけ合気道をかじったことがあったが、とっさに体《たい》捌《さば》きなどできない。それでも反射的に大きく身をかがめると、空を切った拳が頭上をかすめた。

運良く大ぶりなパンチを躱《かわ》せた形になったが、さらに幸運なことに、たたらを踏んだ男は瑛太の体に躓《つまず》くようにしてバランスを崩し、どすんと床に転倒してしまった。

「このっ！」

男は顔を真っ赤にして立ち上がり、ふたたび摑み掛かってこようとしたが、そこで車内のほかの乗客が、いっせいに声をあげはじめた。

「おいっ、いい加減にしろ」

「いいぞ、リーマンの兄ちゃん、がんばれー」

「痴漢野郎、迷惑なんだよっ」

「誰か車掌さんを呼んで！」

乗客たちが騒然としはじめて、ようやく周囲の客の目に気がついたのか、酔っ払った暴漢は這々《ほうほう》の体で次の車両に逃げ出してしまった。

再び掛かってこられたらどうしようと思っていただけに、その後ろ姿には正直、ほっとした。

「あ、ありがとう。瑛太くん。助かったわ。本当にありがとう……」

残された瑛太に、感極まった表情で礼を言う莉奈。まるで昔のアクション映画のヒロインのように、すがりついてくる。

「莉奈さん。大丈夫ですか？　いやあ、それにしても怖かった……」

気が抜けたのか、本音がポロリと漏れた。

相手が酔っ払いとはいえ、平和主義を決め込んでいる瑛太だから、もちろん実戦などはじめてだった。

正直、合気道も仲の良かった体育教師から授業の延長で教わった程度。それも、たまたま面白半分に基本動作と、呼吸法を覚えていたに過ぎない。それでも、一応の役には立ってくれたようだから判《わか》らないものだ。

「怖かったって瑛太くん、あんなに格好良かったのに……?」

頬を紅潮させ、いつになく莉奈は興奮気味に話している。まさしく瑛太を天の助けのように感じてくれているのだろう。

(こんなに感謝されるなら、もっと早くに駆け付けてあげたかったなあ……)

混雑に阻《はば》まれたのも確かだが、莉奈の被虐美《ひぎゃくび》に見惚れ、出遅れたのも事実だ。そんな自分にここまで感謝してくれるのは、照れくさくも申し訳なく感じる。他方で、瞳を潤ませた至近距離の美貌に、鼻の下がだらしなく伸びるのを禁じ得ない。

「このお礼は、必ずさせてね」

美女を守ったヒーローへの報酬は、甘いキスと相場が決まっている。TVや映画ではないが、莉奈の潤んだ瞳を見ていると、それも現実になりそうな予感がした。

「瑛太くんがいてくれなければ、今ころ私どんな目にあっていたか……。身の危険を感じていたのだもの……」

勇者を称《たた》える目で、なおも莉奈が見つめてくれる。

「だったらほっぺにチューってしてくれれば、それでいいです」

あらぬ妄想を思わずそのまま口にした瑛太に、莉奈がさらに頬を赤く染めながら
「それなら今夜、私の部屋で……」と約束をしてくれた。

3

同じマンションであっても、瑛太の部屋よりも少し大きい分、ゆったりとした作りになっている。

莉奈の趣味なのだろう。家具は北欧調のシンプルなものに統一されている。

何よりも異なるのは、そこに漂う空気。清潔感溢れるフレグランスと、純粋無垢な天使を思わせる莉奈の甘い体臭がブレンドされた香り。嗅いだ瞬間、夢見心地にさせられる芳香が、そのままこの部屋の空気なのだ。

「本当にこんな恩返しでいいの？」

莉奈の「それなら今夜……」との約束が、正しく実行に移されようとしている。

一緒に会社を出るのは何となく憚《はばか》られ、駅で待ち合わせした二人は、会話もまばらなうちにマンションについてしまった。

瑛太には彩音の存在がありながらとの想いがある一方で、やはりこんな願ってもないチャンスを逃す手はないとも思い、ずっと揺れながら一日を過ごした。

「お礼にチューをしてもらうだけで、それ以上のことなんて起きたりしないさ……。それが済んだら部屋に帰るのだ……」

彩音に匹敵するほどの美女である莉奈からキスしてもらえるだけでも法外なのに、それ以上のことなど望むべくもないと自らに言い聞かせている。

けれど、どうだろう。この緊張した空気。まるで恋人になったばかりのカップルが、はじめて互いのカラダを求めあうような、そんな気まずくもドキドキするような空気感。期待と不安が入り混じり、思春期の頃に戻ったような甘酸っぱい想いが胸に込み上げている。

「莉奈さんがしてくれるのなら、たとえそれが子供っぽくても最高のご褒美です」

「そんな、私バツイチだし……。私の口づけなんてそんなご褒美になるようなものでもないと思うのだけど……」

「そんなことありません。莉奈さんは、ものすごく綺麗で……。仕事しているときなんかキリッとしていて。いつも莉奈さんは一生懸命だから、俺がうっとりと見つめていたなんて知らないでしょう？」

正直に瑛太は白状した。口説いているつもりはない。本当のことをそのまま言葉にしているだけだ。

「まあ、瑛太くん、真面目に仕事していると思っていたけど、そんな風に気を散らしていたの？」

「あっ！　莉奈さんは俺の上司でしたね。ばらしてしまってまずかったなあ……。でも、本当のことですから……。仕事に集中する莉奈さんは、ものすごく綺麗で、なのにとってもセクシーで……」

莉奈の反応を気にもせず、セクシーと自然に口を吐いた。それは彼女を性的な目で見ていたとの告白であり、セクハラと取られても仕方のないセリフだ。

「正直、俺、エッチな目でいつも莉奈さんを見ています。それほど莉奈さんは魅力的で……。だから、本当は俺も電車の中で、あの痴漢男みたいなことを莉奈さんにしたいって……。そうなんですよね。本当は、俺に莉奈さんからご褒美をもらえる資格なんてないのかも……」

本音を口にするうちに、徐々に自分でも何を言っているのか判らなくなっていた。

挙句、自分の邪《よこしま》な想いまで吐き出してしまうのだ。

せっかくのチャンスを自らぶち壊しにしている自覚はあったが、なぜか今夜の瑛太は邪心も純真も溢れ出る想いを口にせずにはいられなかった。

「でも、やっぱり莉奈さんは、物凄く綺麗で、やばいくらいセクシーで……。ほら、今もこんなに綺麗な目をしています。その眼で見つめられたら……」

「もう。嫌な瑛太くん……。そんなに甘く褒められたら照れちゃうじゃない。年下の癖にぃ……。ほら、いいから、そこに座って……」

居間のソファに腰掛けるよう促され、素直に従うと、その正面に彼女が立った。

おもむろに彼女はレディーススーツの上着を脱ぎ棄てた。たった一枚脱いだだけでも、莉奈らしい清楚な色香が濃密に漂いはじめる。

オフホワイトシャツの胸元のふくらみ具合が、相変わらず悩ましい。

後ろ手に髪を束ねていたシュシュを外すと、途端に華やかなおんなっぷりが振りまかれた。

「約束通り、ご褒美……。私からのキッス……」

ゆっくりと床に膝をつくと目の前で両膝立ちした彼女が、瑛太の頬にやさしい手指を添えてくる。その指先から莉奈の緊張が伝わった。

美貌がスローモーションのようにゆっくりと近づいてくる。

（えっ……？）

至近距離に近づいた朱唇は、けれど、想定外のあらぬ位置に押し当てられた。

男の理想を象ったような健康的な唇が、そのふっくらした感触をこともあろうに瑛太の唇に伝えてくれたのだ。

（ウソだろ……。俺、莉奈さんとキスしてる！　キスしてもらえているんだ！）

天にも昇らん心地とはまさしくこのこと。半ば陶然と、そして半ば呆然自失状態で、うっとりと天使の施《ほどこ》しを受けている。

やさしく触れるばかりの穏やかな口づけだったが、興奮はうなぎ登りに急カーブを描き、自らが暴走してしまわぬよう自制するのに必死だった。

厚すぎず薄すぎず、ほどよい厚さの唇は、瑞々しくもつやつやと潤っていて、やさしく触れるだけでも瑛太の官能を痺れさせる。

しかも、その口づけはおざなりに一度だけというわけではなく、遠慮がちにくっついては離れを繰り返すのだ。

「んふん、んむん……ん、んんっ……」

セクシーに小さく鼻息を漏らしながら、ちゅっ、ちゅちゅっ、ぷちゅぅっと悩ましい水音を響かせる莉奈。やがて啄まれるのは唇のみにとどまらず、瞼《まぶた》や頬、おでこや鼻の頭と、顔のいたるところに押し当てられ、また唇へと戻る。

角質を食べてくれるドクターフィッシュのようなやさしい愛撫。くすぐったいような、気持ちいいような口づけだった。

「瑛太くん、お願い。私を抱き締めて……」

シルキーな声質が色っぽく掠《かす》れて促してくれる。

そうしたくてたまらなかった瑛太は、何も考えられぬまま女体をぎゅっと抱き寄せた。

膝立ちのまま口づけをくれていた女体が、さらに前のめりに瑛太に軽い体重を預けてきた。

「莉奈さん……」

ため息とも、感嘆ともつかぬ声で呼んでみる。

抱きしめた女体は、凄まじいまでに肉感的で、おんなとしての成熟に満ち満ちて、見事なまでの豊満ボディだ。

胸板にあたる大きなバストはひどくやわらかく、それでいて心地よく反発する。

顔の位置が瑛太よりも下になった莉奈が、そっと瞼を閉じ、さらにツンと朱唇を突きだした。なおも、キスをさせてくれるつもりなのだ。

その色っぽい表情に、瑛太は魅入られるように朱唇を求めた。

「ふむん……ぬむん……はふうう……ぬふう……」

唇が歪むほど強く押し付け、彼女の存在を確かめる。

並外れた美貌を誇る莉奈が、瑛太にキスを求めてくれる。それだけで泣き出したいほどしあわせだった。

「はううっ……ぉふう……あぁ、情熱的な口づけ……はぬん……」

熱く滾《たぎ》る男心が満たされていくのに、いくら奪おうともその唇への渇望が収まることはない。キスすればするほど、また欲しくなる朱唇。これほどまでに口づけとは、官能的なものであっただろうか。

薄く開かれた口をやさしく吸うと、莉奈が朱舌を差し出してくれる。生暖かくやわらかな舌に自らの舌腹をべったりと重ね、互いの存在を確かめるように擦りあう。

「んふっ……ん、んんっ……ぉふぅ。瑛太くんのベロ……んぷ……おいしい……。んつく！」

「ふぐぅ……ぉふっ……莉奈さんの舌は……むぷっ……あ、甘いです……。ぶちゅるるる」

長い長い蕩けるような口づけをようやく終えると、莉奈の美貌は蒸されたかと思うほどに上気していた。

ツルフワの彼女の肌が鴇色《ときいろ》に染まると、ひどく美しく、悩ましいほど色っぽい。

「瑛太くんのキス、やさしいのに情熱的で、とっても気持ちがよくて……。こんな口づけされたら蕩けてしまうわ……。これまでに何人のおんなを、蕩けさせてきたのかしら……何だか妬《や》けてきた！」

Ｙシャツの上から二の腕をぎゅっとつねられてもまるで痛くない。それどころか、莉奈から愛撫を受けたようで快感にさえ思えた。

「いたたた……莉奈さん、痛いよぉ！」

なのに褒められたことへの照れ隠しもあって、大げさに痛がってみせた。

「ああん。ごめんなさい。強くつねり過ぎだったぁ？　ちょっと見せて……」

慌てて心配そうな表情を浮かべる莉奈。Ｙシャツの袖をめくりあげ、自らがつねったあたりを子細に確かめている。

「ああん、赤くなってるぅ……本当にごめんなさい」

滑らかな掌が二の腕を摩《さす》ってくれる。それすらも愛撫を受けているようで、心地よい刺激だ。

「ウソですよ。ほんとは痛くなんかありません……」

安心させようとしても、ナイチンゲールのような眼差しで、腕を撫でてくれている。何を思ったのか朱舌を伸ばし、赤くなった部分を舐めてさえくれるのだ。

「うわあっ、り、莉奈さんっ！」

これには瑛太も驚いた。ふっくらほっこりの朱唇にねちょっと吸いつかれ、舌先でレロレロッとくすぐられるのだ。

決して強い刺激ではないが、さらに性欲が膨らんでいく。ただでさえ口づけで興奮していた瑛太は、節操なくスラックスの上からむぎゅっと肉塊を揉んだ。もちろん無意識であり、ズギュンと背筋を走り抜けた電流で、自分が局部をいじっていると気づく始末だ。

大急ぎで手を逃がしたが、まずいことに莉奈にも知られたらしい。彼女の視線が、そこに張り付いている。

「あ、あの……。莉奈さんがあまりにも魅力的すぎるせいで……。えーと、これ以上ここにいると、もっとおかしなことをしでかしそうなので、今夜はこれで退散します。おやすみなさい」

焦りに任せ早口でまくしたてソファから腰を浮かした。

そんな瑛太の腕が、莉奈に捕まった。

「待って瑛太くん……。そのおかしなこと……してみない……？」

茹で上げられたかのような赤い顔をセミロングの髪の中に俯《うつむ》かせながらも、瑛太の腕を離そうとしない。

キスくらいで身持ちの硬いバツイチ熟女のガードが剝がれるとは思えない。けれど、目の前の莉奈は、その凛とした貞淑さを脱ぎ捨てようとしている。

「そ、それって、莉奈さん？」

うれしい誘いに感激しながらも、信じられない展開に現実感が湧かない。否、心のどこかでは予感めいた期待があった。けれど、それはあまりに自分に都合のよいもので、希望的観測が過ぎると眉に唾《つば》していたものだ。だからこそ瑛太は、恥ずかしげに髪の中に隠れた双眸《そうぼう》を覗き込み、確かめずにはいられないのだ。

「だから、その……。莉奈にして欲しいの……」

「して欲しいって、何をですか？　俺にはエッチなことをして欲しいと望んでいるように聞こえますけど……」

彩音のお陰で、瑛太にも少しは女性に対する免疫《めんえき》ができている。不器用なりに相手の気持ちを読み取る能力も備わってきた。

じっと眼の中を覗くと、うろたえるように視線が外される。莉奈は、こんなに可愛い女性だったのだ。

「ああん、瑛太くんの意地悪……。こんなに恥ずかしいのに、まだ言わせたいのね。いいわ、言ってあげる……。り、莉奈を抱いてください……瑛太くんが欲しいの」

ふっくらした朱唇が、今度は直截《ちょくせつ》に求めてくれた。

「俺も、莉奈さんが欲しいです！　こんなに色っぽい莉奈さんが相手なら俺、一晩中でも愛しちゃいます!!」

瑛太は再びソファに腰を落とし、女体をぎゅっと抱きしめた。

4

「こ、ここではなくベッドで……」

美貌を真っ赤に染めながら、瑛太の手を引き寝室まで導いてくれた莉奈。再びその身をすーっと瑛太の腕の中に滑り込ませてくる。

瑛太は背中に回した手指を慎重に彷徨《さまよ》わせた。

腕の中で、びくんと身じろぎする女体。どこまでも肉感的でありながら、羽毛布団のようにふんわりやわらかい。

（性急にしてはいけない……。焦らず、ゆっくりと性感を湧き立たせるように……）

彩音と結ばれて以来、女体の取説が頭の中に出来上がりつつある。実地に学んだことに、ネットや本などで裏付けを取ったものだ。

時には怪しい情報もあったが、それは瑛太の短小包茎や経験不足を補って余りある武器となりつつある。

今も、激情に押し流されそうになる自分を頭の中のマニュアルが抑制《よくせい》している。

「本当は俺、コンプレックスの塊なのです。いつも二番手のB太だし……」

ひたすらバカ正直に自分を曝《さら》け出しながら、その手指は、オフホワイトのシャツをくしゃくしゃにするように背筋をまさぐっている。抱きしめられるしあわせと、背中の性感帯をあやされる快感が、穏やかな悦びとなって女体を濡れさせるはずだ。

その方程式の正しさが、「ふん、うふん」と愛らしい小鼻から漏れる吐息で伝わる。

「女性から嫌われる短小包茎で……。でも、だから、大したことのない俺なんかにやさしくしてくれたり、情けをかけてくれたりする人を大切にしたい。特にそれが女性なら……。せめてしあわせな気分になってもらえるように……」

執拗に付きまとう劣等感をエネルギーに変えようと、瑛太は吐き出しているのかもしれない。

「瑛太くんが私のことを見てくれていたように、私も瑛太くんを見ていたけれど……きみは自分が思っているほど劣っていないわ。何事にも一生懸命で、根気強さも持ち合わせている。いろいろ工夫もしているし、結果が出るまではもうすぐのように思うの……」

瑛太の腕の中で、びくん、びくんと悩ましい反応を見せながらも莉奈が勇気づけてくれている。どんなに若々しく見えても、やはり莉奈は年上であり、大人の気遣いができるいいおんななのだ。

「それにね……。男の価値なんておち×ちんの大きさで決まるものではないわ。それを補う以上の愛情を示してくれれば、おんなはイッてしまうものよ……。うふふ。やさしさと書いて我慢と読むの……」

やはり莉奈はバツイチだけあって、それなりの経験があるのだ。男の生理を踏まえた慰めには説得力がある。

「もっと自信を持っていいのよ……。男としても瑛太くんはとても素敵……」

「大人な莉奈さんにそう言ってもらえると、とてもうれしいです。でも、できれば、もっともっと、莉奈さんから勇気をもらいたいです」

勇気づけてくれるやさしい上司に、思い切り甘えたい気分になる。

「勇気が欲しいの？　どうしたら瑛太くんに勇気をあげられるかしら……？」

またしてもチュッと朱唇が瑛太の唇を甘く啄《ついば》んでくれる。左右の唇で、瑛太の上唇を挟み込み、やさしく唇粘膜を味わわせてくれるのだ。

「莉奈さん、いっぱい感じてください。莉奈さんのような大人の女性が俺の手で感じてくれたら何よりの自信になります。もちろん、感じてもらえるよう一所懸命頑張りますから！」

「か、感じちゃえばいいのね……。判ったわ。感じさせて……。恥ずかしいけど、瑛太くんがそれで自信を持てるなら、いっぱい莉奈が感じる姿を見せてあげる。うふふ。瑛太くん、うまいこと考えたわね。確かにそれは莉奈の役割よね……」

瑛太に自信をつけさせるのは上司としての仕事のひとつ。それを免罪符にすることで、より奔放に莉奈はおんなを解放できるはず。

そこまで熟慮したわけではないが、そう取ってくれても、それはそれで構わない。

「莉奈さん……」

莉奈の利発さやそのやさしさごと、ぎゅっと強く抱き締めた。

背中を彷徨わせる手指に、さらに情熱を込める。

「ん、んん……っくぅ……んんっ……うんっ、ううん……」

つぐまれていた朱唇から、やわらかく悩ましい声が漏れ出した。それを契機に瑛太の手指は女体の側面へと進む。ブラウス越しだから多少強くしても大丈夫なはずと、情熱的な手つきで服の下の女体を探った。

「莉奈さんは、どこが感じるのですか？　弱いところはどこです？」

声を潜め耳元に吹き込むと、むずかるように美貌が振られた。

「教えてください。莉奈さんを感じさせたいのです……」

瞑られていた瞼がうっすらと開き、くっきりの二重の瞳が瑛太の目の奥を探ってくる。

どんな宝石よりキラキラしたそれは、じっとりと濡れ、色っぽいことこの上ない。

超近距離で見て、はじめて気づいたが、白目の部分がピンクがかって見える。

（莉奈さんの目、色っぽ……。長い睫毛といい、大きな涙袋といい、ウルウルの瞳といい……。その濡れた瞳で見つめられるとゾクゾクしてくる……）

じっとこちらを見つめているようで、焦点《しょうてん》を合わせていないような瞳。羞恥に耐えきれなくなったのか、視線を躍らせると、ほどよい厚さの唇が微かに動いた。

「く、首筋とか……おっぱいも感じやすい……かな」

小高くなった頬を一段と赤くさせながらも莉奈はそっと教えてくれた。だからと言って、すぐにそこを責めようとはしない。焦らすことでメリハリをつけるのだ。代わりに手指を進めたのは、ほこほこの太ももだった。美人上司の意識がそこになかったせいか、あからさまに女体が震えた。

「あんっ……そ、そこは……」

グレーのタイトスカートに手首をくぐらせ、内もものやわらかい部分をまさぐる。痴漢男がねっちこくここを触っていた理由が、ようやく理解できた。熱を孕んだ内ももは、焼きたてのパンのようにふっくらやわらか。その官能的な触り心地は、ひとたびそこに触れるや、二度と離れたくなくなる。

「莉奈さんの内もも、ほこほこで、やらかくて……。手が吸い付いて離れません！」

囁きながら耳朶を唇に挟んだ。

「あぁんっ……っく……」

白い首筋が竦み、短い喘ぎが漏れる。けれど、決してももが閉ざされることはない。それをいいことに瑛太は、さらに指を伸ばし、掌をたっぷりと擦りつけた。

ベージュのストッキングが邪魔をして、素肌のなめらかさは判らない。けれど、そのやわらかさや弾力は十分以上に官能的で、手指から性の悦びを感じさせてくれる。

「ああ、莉奈さんの太ももだ……。俺、触っているのですね……。この奥には、莉奈さんのま×こがあるんだ……！」

昂ぶる思いを上品な耳に吹き込むと、肉感的な女体が妖しくくねる。

「ああん、瑛太くぅ〜〜んっ」

シルキーな声質が情感たっぷりに掠れた。

ここぞとばかりに瑛太は、その唇を白い首筋に吸いつけた。舌先を伸ばし、媚熟女の官能成分を舐めとりながら唇粘膜であやしていく。

「あはん、あぁ、あんんっ……あぁ、はあぁ〜〜」

より奔放に朱唇が弾け、艶めいた響きを漏らす。

天使の喘ぎは、瑛太の魂を鷲掴みにして離さない。まるでダイレクトに下腹部を刺激されるようで、あちこちに鳥肌が立ったほど。

「莉奈さんの啼き声……天使のようです……俺、その声だけで射精《だ》しちゃいそう！」

「天使だなんて……。ずいぶん薹《とう》の立った天使ね……恥ずかしいわ……」

「薹なんて、そんなこと……。こんなにきれいで、若々しくて……。本気で俺は莉奈さんを天使だと思っているのですよ」

ねっとりと太ももを撫で回していた手指を激情に任せて女体の中心へと運んだ。

「あんっ……」

小さな悲鳴をあげたのは、ブラウスのボタンを瑛太が外しはじめたからだ。

「いいですよね？　莉奈さんを裸にしても……」

許可を求めるのは口ばかりで、手はさっさとボタンを外していく。

上品な美貌が縦に振られた頃には、半分ほど外し終えていた。

「へへぇ。こんなにフライングしちゃいました……」

笑って見せはしたが、まるで余裕などない。緊張に指先がもつれそうになるのを禁じ得ないのだ。

それでもなんとか全て外し終えると、オフホワイトのブラウスをゆっくりと観音開きにして、細い肩の向こう側に送る。

「次は、スカートにしますね……」

まずは下着姿に剥いてしまおうと、タイトスカートの脇に着いたファスナーに手を伸ばす。

焦るなと自らに言い聞かせながらゆっくり引き下げ、ホックも外してしまうと、そのままグレーの布地を床に落とした。

「ついでだから、ストッキングも……」

手早くベージュのストッキングも剝ぎ取る。すべすべの脚から薄布を抜き取る作業は、ことのほか楽しい。

「莉奈さんの下着姿、目が眩《くら》みそうです」

蜜肌を覆う下着は、上下おそろいの黒。大人の彼女には、それが似合いだ。

「ああっ……。瑛太くんのギラギラした目……。恥ずかしさを煽るわ……」

とてもじっとなどしていられないとばかりに、莉奈がベッドの上に足を投げ出すように腰を降ろす。羞恥に身じろぎしながらも、それでも瑛太の眼差しを受け止めてくれるのは、プロポーションへの自信の表れか。

瑛太にも、ベッドの上に誘う眼差しが向けられ、自らのYシャツのボタンを外し脱ぎ捨てた瑛太は、四つん這いになってベッドに上がった。

5

セミダブルサイズのベッドは、二人の体重にやわらかく沈みながらも、やさしく反発して重力を感じさせない。

莉奈の胸元がふるんとやわらかく上下するのが悩ましい。

「やっぱり、僕の天使です。莉奈さん！」

晒されたパーフェクトボディに、瑛太は溜息ともつかぬ感嘆の声を上げた。

きつく押し込められていた半球が、なおもフルフルと震えている。

悩ましい胸元に、当然の如く瑛太の視線は吸い込まれてしまう。

「ああ、莉奈さんのおっぱい、やっぱり大きい……。ブラジャーからお肉が零れ出てしまいそうなのが危うくて、悩ましくて……」

Eカップと目されるふくらみは、その乳肌の半分ほどを露出させ、そのやわらかさを見せつけるかのように迫力たっぷりに揺れ続ける。

知的で清楚な容姿とはあまりに対照的で、ひどくエロチックに映る。

その充実度といい、色艶やハリといい、桁外れに官能的に感じられた。

「は、恥ずかしい。そんなに見ないで……。本当に瑛太くんの視線、熱くて痛い！」

自らの細肩を抱き締めるようにして身をくねらせる莉奈。桜色に紅潮させた目元が、処女のように初々しい。

「見ないわけにいきません。こんなに綺麗でエロいおっぱい！　こ、これも外してしまいますね。莉奈さんのおっぱい見せてくださいね」

両腕を上司の脇に差し入れ、抱きしめるようにしてブラのホックを探る。

「あんっ、くすぐったいわ……」

漏れ出した声に、ホックが外れる音が重なった。刹那、ブラのゴムに手指を引っ張られる。

撓むゴムに任せると、緩んだところでEカップがズレ落ちた。

解放されたふくらみは、下乳の丸みが、たぷんとマッシブに揺れ、深い谷間が左右に開いた。けれど、だらしなさは感じられない。張り詰めた乳肌を支えに、水風船のようにぶるるんと上下してから少しだけ重力に負け、瑛太を悩殺するのだ。

「ああんっ！」

反射的に莉奈の両腕が胸元を抱え込む。

乳肌の下、スライムのような遊離脂肪が、むにゅんと腕にしなだれかかる。誇らしげに咲き誇る乳肌は見るからにきめが細かく、そのふわふわすべすべの触り心地が約束されている。

「隠さないでください。莉奈さんのおっぱい、見せてください！」

促すために瑛太は、剝き出しのデコルテラインにキスを浴びせた。

「あんっ、でも、恥ずかしいわっ……」

滑らかな肌が、その高い透明度の奥まで純ピンクに染まっている。それがまるでピンクの朝霞《あさがすみ》を纏うようで、幻想的なまでに美しい。

「そんなに恥ずかしがらないでください。こんなに綺麗な肌のおっぱいなのですから！　焦《じ》らさずに、この美しいふくらみの全てを見せてください！」

瑛太の言葉は、その全てが本音であり微塵も誇張やおべっかは含まれていない。その正直な求めに、莉奈が小顔をこくりと頷かせてくれた。

そして、ついに胸元の手指が解かれていくのだ。

両腕に支えられていたふくらみが、再びたぷんと悩ましく弾む。

「ああ……！」

「おおっ!!」

莉奈の羞恥と、瑛太の感嘆がシンクロした。

たわわに実っていながらも、その乳房には品が満ちている。美白滑肌が、その所以《ゆえん》だろう。清楚そのものの純ピンクの乳暈《にゅうかさ》も犯しがたいほどの気品に溢れている。

ダイレクトに瑛太の性欲に訴え、早く触りたくてたまらない気持ちにさせられた。

「ああ、莉奈さんのおっぱい綺麗だぁ……んちゅっ、ちゅばばぁ……！」

「えっ？　あ、あぁんっ、瑛太くぅん……！　そんな、いきなりなの？　……あっ、あん、おっぱい感じやすいって教えたじゃない……。あはぁ、舐めちゃいやぁ」

ふくらみの外側に舌腹をあて、ぞぞぞっと舐めあげた。

他方のふくらみの副乳あたりに手指を運び、やさしく温めるように覆う。

「あふっ、あんっ、あっ……。瑛太くん……んふぅ……ああ、だめぇ、そんな、いやらしくおっぱい触られると、気持ちよくなっちゃう……っ」

「それでいいのですよ。気持ちよくなってほしいのですから……。でも莉奈さん、言ってた通り、ほんとうにおっぱい敏感なのですね……」

人差し指から薬指の三本で、丸みの側面にゆっくりと圧力をかけていく。乳肌を舐める舌先には、お腹から吐き出した息を吹きかける要領で、側面から下乳にかけて進める。途中、丸く円を描いては、乳暈に触れるか触れないかの際どい所で焦らす。そんなやさしい愛撫でも、莉奈は細腰を捩り身悶えるのだ。

「すべすべなんですね。それに甘い！」

少しだけ乳臭い匂いに、ほんのりと潮のような香りが混じっている。乳肌に浮いた汗粒が塩味を感じさせ海を連想させるのか。

（ああ、もうダメだ。早く莉奈さんの乳首を……！）

瑛太の愛撫に反応を示した乳頭が、ツンと澄まし顔で自己主張している。その淫らで可憐な乳首に、もっと焦らすべきと判っていながらも瑛太は唇を近づけた。

ちゅぱちゅちゅ、ぢゅッちゅぶぶちゅ――っと、いやらしく吸い付けると、円筒形にしこる乳首が、心地よく口腔内で踊った。

（うおおおっ、俺は、莉奈さんのおっぱいを吸っている！　仕事中、ずっと盗み見ていたおっぱいを舐めているんだぁあああ～～っ！）

心中に快哉を叫びながら、夢中で乳首をしゃぶりつけた。

「ちゅっぱ!!　やばいです。甘くて美味しい……ぢゅッちゅぱ、塩気もまた絶妙で……レロレロン……ああ、こんなに乳首が膨れて……ぢゅちゅぱぱっ！」

「やあ、瑛太くん、そんなに強く吸っちゃやダメぇ……乳首大きくなっちゃう……あはんっ……大きめなの……ふっく……き、気にしてるのにぃ～～っ」

「大きいですか？……ぢゅぢゅぱぱっ……おっぱいが大きいから、ちょうどいいバランスで……いやらしくって……ぶぢゅぶちゅるるるっ……きれいですよ」

大きく口を開け、頂きを吸いつけながら、やさしく歯を立てる。

媚麗な女体が、びくん、ぶるるるっと派手に反応するのが愉しい。

彩音の瑞々しい反応も素晴らしいが、莉奈のそれには女盛りを迎える肉体ならではの艶めいた官能味がある。羞恥しながらも、責められると敏感に反応してしまうバツイチならではのこなれた味わい深さも加味され、瑛太はその興奮をいやというほど煽られている。

忍耐強く、女体を快感に追い込むつもりが、あっという間に挿入したくてたまらない気にさせられた。

「ああ、莉奈は、淫らね……瑛太くんに弄ばれて……こんなにも乳首を硬くさせている……。おっぱいも張り詰めて、恥ずかしいくらい大きくさせているの」

自覚すればするほど恥じらいと興奮が入り混じり、エロ反応が増していく。

脳味噌まで蕩けはじめた彼女では、もはやその発情を隠しきれない。

「うおっ。莉奈さん、超エロい!!　そのエロさに俺も興奮しちゃっています！」

乳肌を舐めしゃぶり、涎でヌルついた乳首を親指と人差し指に挟み込んだ。

ぷりんとグミほどに肥大した二つの乳頭を、ラジオの周波数を合わせるダイヤルでも回すようにクリクリと回す。

感度の周波数がぴたりと合ったらしく、ベッドの上で艶腰がビクンと跳ねた。

「あ、あはぁ……そんな、おっぱいばかり……感じ過ぎて、切なくなっちゃう……」

ぷりぷりぷりっと乳肌が音を立て、さらに肥大するのがそれと判った。血流をよくした乳房が、ひどく敏感になりながら、その発情ぶりを露わにしたのだ。

「んんっ、あ、あぁ、あん、ああん……だめ、おっぱい破裂しちゃいそう……」

甘い呻き、悩殺的な女体のくねり。整った理知的美貌が、はしたなくよがり崩れる。振りまかれる濃厚なフェロモンに、早くも瑛太は、射精寸前のようなやるせなさを感じた。

「揉まれるたび莉奈さんの上品な顔がエロくなります。もう蕩けそうですね」

やさしい頬の稜線を風呂上がりのように上気させ、噴き出した汗を雫《しずく》にして、細い頤《おとがい》からポタポタと滴《したた》らせている。

「だめえ、もう、だめえ……あ、ああん、おっぱい許してぇ〜〜っ」

上体を起こしていることも辛くなったのだろう。女体がベッドに倒れていく。

瑛太は、その肉感的な女体を支えるようにして、仰向けに横たわらせると、それを契機に左右に張り出した腰つきへと向かった。

6

女体に覆いかぶさり、瑛太は伸ばした手指を臀朶《しりたぶ》にあてがった。成熟した逆ハート型のムッチリヒップを鷲掴んだのだ。

(す、すごい！　お尻も、ふかふかなんだぁ……!!)

二の腕を引きつけ、胸板にあたるおっぱいクッションを意識しながら、臀朶の触り心地を心ゆくまで堪能した。

パンティ生地は何ら妨げにならず、ダイレクトに尻肉の感触を味わえる。その肌触りのよい薄布ごと、グリグリと捏ね回し、丸い輪郭にあわせて撫でまわす。

「あっ、あたってる……瑛太くんのおち×ちん、莉奈のあそこに、あたってる……」

力強く尻朶を引きつけたため、媚熟上司のデルタ地帯に勃起テントが押しつけられるのだ。それは瑛太が確信犯でやったことであり、そうすることでやるせなく疼く肉棹に刺激を送り込んでいる。

短めながら太く猛々《たけだけ》しく昂《たか》ぶった肉塊は、多量の先走り汁を噴き出し、その濡れジミがスラックスの生地にまで浮き出ている。

「気持ちいいです……。莉奈さんのふっくらした土手に、いやらしく俺、擦りつけているのですね……」

腰を突き出し、切っ先でほじるように擦りつける。

「あうんっ……」

メコ筋をテントの先で掘り起こすたび、切なげに莉奈が短く喘ぐ。

手指の位置をじりじりとずらし、掌全体で太もも周辺を撫でてみる。お尻同様に太ももにも、ほどよく熟脂肪を載せている。しかも絹肌が発情汗にじっとりと湿り、いやらしいほど吸いついてくるのだ。

「莉奈さん、これも脱がせていいですよね?」

意地悪な求愛にドキンとしたのか、ボリュームたっぷりの美尻がキュンと収縮し、パンティごと一本の溝を作った。

「い、いいわ。脱がせて……」

許してはくれたものの莉奈は、その美貌を両手で覆ってしまった。

年上のおんなが見せる可憐な仕草に、否応なく瑛太の男心が震える。興奮を隠せぬまま起き上がり、自らのズボンとパンツを脱ぎ捨てると、すぐさま莉奈の細腰にへばりつき、その薄布に手を掛けた。

「あんっ……!」

いくら覚悟していようとも、羞恥の声を漏らさずにいられないのは、手弱女《たおやめ》として当然かもしれない。けれど、瑛太は容赦なく、女体に残された薄布をベージュのストッキングと共に一気につるんと剝いた。

淑《しと》やかに生え揃った繊毛が露に濡れ光り、宝石が輝くよう。一本いっぽんの細い毛が密に折り重なったその下に、秘密の花園がひっそりと息吹《いぶ》いている。

「ああっ、どうしよう。やっぱり、恥ずかしいっ」

腿《もも》が重ねられ、少しでも瑛太の目を逃れようと細腰が妖しくうねる。

「ほら、じっとしていてください。莉奈さんのま×こ、俺に見せて！」

閉ざされた内ももに手を差し入れると、びくんと怖じけるように裸身が震えた。

それでも太ももを割り開く瑛太に躊躇《ためら》いはなく、緩やかに美脚がほつれていく。それをよいことに両膝を折りたたみ大きくM字にくつろげさせた。

「あぁ、そんな……」

カエルの解剖のようにくつろげた股間に、瑛太は素早く陣取った。

「あっ、んん。もう瑛太くんのバカぁ……。本当に恥ずかしいのよ……。でも、いいわ。見て……。莉奈のあそこを……」

晒されたのは、あまりに卑猥で、そして美しい淫裂。楚々とした薄紅の縦割れがまるで唇のように、ひくひくと喘ぎ、左右に楚々と咲いた儚《はかな》げな花菖蒲《はなしょうぶ》までがそよいでいる。

「こ、これが莉奈さんのま×こ……」

色白のせいもあり、薄紅がいっそう鮮やかに際立っている。そこから立ち昇るのは、生々しいまでに濃厚なフェロモン。無自覚なまま発散させた淑女の淫香は、どこまでも淫らであり蠱惑的だ。

「触ってもいいですか？」

瑛太の求めに、彼女はビクンと身を震わせながらも首を縦に振った。

（莉奈さんのま×こに触らせてもらえる……っ！）

緊張に指先を震えさせながらも、咲きほころぶ花園へと進めた。けれど、いきなり花びらには触れず、ぷっくらした肉土手の外周からそっとなぞり、徐々に花びらの縁に寄せていく。

「んんっ……っく、ふあぁっ」

苦しげに息が継がれ、わずかに細腰がくねった。

繊毛に付着した透明な蜜液を指になじませ、肉花びらの表面をあやしはじめる。人差し指を触れるか触れないかのフェザータッチで滑らせた後、ちょんちょんと軽く突いてやる。さらに花菖蒲のびらびらを親指と中指に挟み、甘く圧迫した。

「はんっ……ううっ……はふぅ……あんっ……あっ、あぁっ……！」

膣口に入るか、入らないかの際どい部分で、表面に小さな円をいくつも描く。

右の花びらから左側へと移り、丁寧にやさしく弄った。

「あうっ！　あぁっ……やぁっ……だめよっ……感じちゃうっ！」

くちゅ、くちゅん、と微かな濡れ音が響くたび、艶腰が悩ましく捩れる。白い歯列が奔放にほつれ、シルキーな声質がどんどん濡れを帯びていく。

「やさしく触っているだけでも感じるのですね？ 莉奈さん、敏感なんだあ……」

確かな反応に気をよくし、瑛太はさらなる責めを繰り出した。

伸ばした中指を秘唇の中に、ぬぷぬぷぬぷっと埋めていく。

「あうっ……！」

反射的に女体が逃れようとして、ベッドの上をずり上がる。けれど、瑛太がもう一方の手を太ももに回しているため逃げきれずにいる。

「うわああ、莉奈さん、すごいですっ！ 膣内《なか》の襞々が絡みついてきますよ」

成熟した蜜壺の中には、肉襞が密生し、ここに肉柱を埋めたらさぞかし気持ちよかろうと想像させてくれる。しかも、肉襞は触手のように瑛太の指にまとわりついて、さらに奥へと誘おうとするのだ。

「いやあ、瑛太くんの意地悪。言わないでぇ……！」

紅潮した頬が激しく左右に振られる。さらに蜜液が、どくどくと溢れてきた。

「すごい！ 本当にすごいです！ 指がふやけそうなくらいお汁が出てきますよ！」

辱《はずかし》めれば辱めるほど、莉奈の美貌が冴えていく。これがあの美人上司であろうかと見紛《みまご》うほどの艶やかさ。

そんな媚熟天使にうっとりと見惚れながら、人差し指と薬指の背中を花びらにぴとっと密着させた。中指がつけ根まで埋まったところで、肉孔をほじるように、くいっくいっと蠢かせる。

「あっ、あうん……。いやん、エッチな動かし方……。あぁ、かき混ぜたちゃダメぇっ！　んふぅ……あっ、あぁん、腰に力が入らない。蕩けてしまうぅ……」

刺激された肉襞が妖しくうねり、指にねっとり絡みつく。

汁気が増すにつれ、粘り気も強くなり、あんかけのとろみを撹拌《かくはん》させるよう。

ぬぷ、くちゅん、ぢゅぷちゅぅっと、指を膣中で戯れさせるだけでは飽き足らず、秘口をリズミカルに出し入れさせてやる。

媚肉は、指を抜こうとすると行かないでとすがりつき、挿し入れると奥に導くように膣内が膨らむ。淫らにもいやらしく男を悦ばせる構造に仕上がっているのだ。

「んふうっ、あっ、あんんっ……んっく、ぅふっ、ふぅんっ……。ねえ、このまま莉奈に恥をかかせるの？　ああん、ダメよっ……あっ、ああん！」

我慢の限界を超えた喘ぎは、悩ましくもあられもなくオクターブを上げていく。ついには節操を失い、細腰がいやらしい波打ちをはじめる。婀娜っぽく太ももが、ぐぐっと内またになり、若鮎のようなふくらはぎにも緊張が漲《みなぎ》った。

「うぐぅうう、ああ、いやん、莉奈、乱れちゃうぅ……っ！」

「乱れてください。莉奈さんのいやらしい姿が、俺に自信をくれるのですから！」

手指の抜き挿しを二本に増やし、さらに激しい抽送《ちゆうそう》へとシフトチェンジさせた。

身持ちの堅さを淫靡な蜜液に溶けさせ、媚熟上司がよがり啼きしている。

「あっ、ああ、いい……莉奈、気持ちいいのっ……恥をかくわっ……もうダメぇっ！」

束ねた指への締めつけが、牡汁を子宮に浴びたいとねだるように倍増する。悦びの証《あか》しを感じ取り、瑛太は嬉々として女陰を蹂躙していく。

「恥をかくって、イクってことですよね？　俺に、ま×こをほじられて、イッちゃうのですね？」

高嶺の花である美人上司が、ついに極めようとしているのだ。鳥肌がたつほどのうれしさを嚙みしめながら、膣孔を抉《えぐ》る指をいよいよ忙しくさせた。

「イッてください。俺に莉奈さんのイキ貌《がお》を見せて！　ほらもっと、気持よくしてあげますから……」

瑛太は顔を莉奈の股間に近づけ、受け口にして女性器へと向かわせた。

そこに立ち込めるヨーグルトにはちみつを溶け込ませたような甘酸っぱい匂い。清楚な美貌に似合わず、どこまでもいやらしい濃厚フェロモンが瑛太の鼻っ面《つら》をガツンと殴りつけてくる。

「えっ？　ああ、いやあっ、いま、そんなところ、舐めちゃいやあぁ……！」

羞恥と戸惑いに莉奈の蜂腰が左右に大きく揺れる。けれど、瑛太は両腕を太もものつけ根に回し、宙づりにするよう抱きかかえ、陰唇にぶちゅりと口づけをした。

「きゃうううっ、あっ、あはあぁん、瑛太くぅ〜〜んっ！」

べったりと張り付けた舌先をピチャピチャと音を立て、下から上へとこそぎつける。さらには花びらを唇に咥え舌先で洗う。繊細なしわ模様の一つひとつを味わいつくし、秘口をべろべろと舐めあげた。

「ちゅちゅっ、レロン、レロレロ……莉奈さんの花びら、とてもおいしいです……ちゅぶちゅるるっ……」

しっとりとしてやわらかな内ももに頬を挟まれ、花びらをしゃぶるしあわせ。男冥《みよう》利《り》に尽きる瞬間を文字通り瑛太は味わい尽くした。

「ひうっ、あっ、あぁっ……。だ、だめぇ〜〜っ……気持ちよすぎて、おかしくなる……おふぅ、莉奈、溶けちゃいそぅ〜〜っ」

ふくよかな頬を強張らせ、朱唇をわななかせる莉奈。激しくも淫らに女体を震わせ、おんなの歓びを謳《うた》いあげている。

「あはぁっ……そ、そんな……いやらしく舐めないで……そんなに……あぁっ」

背筋をくねらせ、腰を捩らせて莉奈は逃れようとしている。否、痺れるような悦楽電流を求め、自らあさましい腰つきで瑛太の口淫に擦りつけているのかも。

「あううっ、ああ、すごいっ……。舐められるのって、こんなに気持ちよかったかしら……あっ、あああっ」

ツンとしこった女芯をぞろりぞろりと舐めあげると、ぐいっと腰が反らされる。そのまま蜂腰を押し付け、またも揺らしてくる。淑女の嗜《たしな》みを忘れ、瑛太が与える官能にすっかり溺れているのだ。

「ふごい！　はむはむはむ……生臭い塩辛さ……海に口をつけているようです……なのに……びちゅずず、ずびぢゅちゅっ……莉奈さんのま×こ、甘いぃ～～っ！」

ヴァギナ全体に大きく開いた口を押し付け、もぐもぐさせると、悩ましい腰つきが激しくくねまわる。

硬く窄《すぼ》めた舌を目いっぱいに突き出し、ゆっくりと膣内に沈めていく。唇が花びらに密着すると、肉襞の一つひとつを味わうように胎内でそよがせた。

「ひやんっ……舌を挿《い》入れられたの？　あぁん、莉奈、お腹の中を舐められているのねっ！」

熱い胎内で舌と膣の粘膜が融合してしまいそうだ。

「あっ、あっ、あん、感じちゃうっ……。もうダメっ！　どうしよう、本当に恥をかいてしまいそう」

切羽詰まった掠れ声。ぶるぶると震えた太ももが、しきりに瑛太の頬にぶつかる。

湧きあがる快感に、莉奈の足の裏が拳を握るようにギュッと丸まった。

「莉奈さん、もうイクのですね？　はふう……ぐぢゅるっ……イッてくださいっ……俺に莉奈さんの恥ずかしいイキ貌を見せてくださいっ……ぶぢゅぢゅるっ」

けれど、莉奈にとって絶頂することは、よほど恥ずかしいことらしく、懸命にこらえようとしている。

それがいかにも莉奈らしいと思いながらも、瑛太は女陰から離れようとしない。それはクンニというよりも、貪《むさぼ》っていると言った方が正しい激しさで、ついには淫裂全体を唇で覆い、思い切り吸いつける始末だった。

「ああん、吸っちゃいやぁ……あんっ、あん、あぁんっ……だめよ、許して、吸っちゃ……あっ、ああんっ」

双臀をぐんと浮かせたまま左右にうねくねらせ、腹部を荒く前後させて、よがり悶える。

「莉奈さんっ、ぶちゅるるるっ……莉奈……っ！」

止《とど》めとばかりに瑛太は、妖しくそよぐ細腰を両腕で摑まえ、彼女の一番敏感な肉芽に口腔を移動させた。

「あ、あぁぁっ……だめぇぇ〜〜っ……そこは、だめっ、もう耐えられないぃっ!!」

鮮烈な快感に細腰ががくがくと宙を泳いだ。びくびくんとあちこちの美肉が妖しい痙攣を繰り返す。

「あううっ、もうイクっ！　莉奈、瑛太くんのお口でイッちゃうぅ〜〜っ!!」

張り詰めていたものが崩落するように、媚熟上司の堰が切れた。堪えに堪えていただけに、そのアクメは凄まじく大きなものとなったようだ。

「ほうううぅぅっ、イックぅ〜〜っ！　あっ、あはあああああぁんっ！」

白く練り上げられた愛蜜が、ドクンと膣奥から吹きこぼされた。続いたのは、全身にこむら返りが起きたような引き攣れと派手な痙攣。しなやかな美脚がピーンと一直線に伸びる。

織細な淫毛まで逆立てて、媚熟上司がイキまくった。

7

「瑛太くん、素敵だった……。年下にイカされてしまうなんて……」

莉奈がイキ極めて強張った美貌を、いまはうっとり弛緩《しかん》させている。

絶頂の余韻に、未だひくついている女体の上に覆いかぶさり、瑛太は朱唇を掠め取った。

「でも、気持よかったでしょう?」

じっとりと露を含んだ瞳が、落ち着かずに左右する。それでも素直に頷いてくれる莉奈。発情色に染まる彼女は、どこまでも美しい。

「あん……瑛太くんのおち×ちんがあたってる……可哀そうなくらいに硬くさせているのね……」

滾りたった勃起が、しきりに莉奈の秘口を啄んでいる。その肉塊は彩音と交わった時と同じく、いつもよりはるかに太く猛っていた。

「あっ! あうん、んん……っ」

早く埋めたいとばかりに、あえて瑛太は濡れ粘膜に擦らせていた。

「莉奈さんだけがイッちゃうから、俺、置いてきぼりにこんなに疼いて……」

「それは、瑛太くんが……あんっ」

肉幹に手をあてがい、ぴとっと花びらに寄り添わせ、ぞりぞりと撫で上げた。

「ああん、瑛太くん……。もう、そんな悪戯ばかりしていないで、早く莉奈の膣中《なか》に挿《い》入れちゃいなさいよぉ！」

それを言わせたかった瑛太だが、言わせたら言わせたで、思わずハッと莉奈の美貌を見てしまう。そんな瑛太の視線をいかにも恥ずかしそうに受け止めながら、莉奈が頬を輝かせ頷いてくれた。

「瑛太くんもそのつもりでしょう？　いいのよ。莉奈を抱いて……。もちろん、莉奈の膣中《なか》で射精《だ》してくれてかまわないから……」

いつものやさしい上司の口調と何ら変わらずに莉奈は促してくれた。

気高い精神の持ち主が、部下の肉棹を求めてくれている。離婚して間もないことも、その心理的ハードルを高くしているはず。それを乗り越え、求めてくれる彼女に瑛太は心から感動した。

（莉奈さん、ああ、莉奈さんとやれる……）

彩音に続き、莉奈までをものにしようとしている。二兎を追う愚を犯しながら、何たる奇跡。高嶺の花を二輪も手折《たお》り、種付けまで許されるのだ。

(なんか俺、全ての運をこれで使い切るのかも……。それでもいいさ。たとえ、これで人生が終わっても、莉奈さんとやれるならその価値はあるよな……)

理知的な莉奈といえども、ひとたび牝を解放してしまえば、官能に囚われるのも当然なのかもしれない。決して外では見せることのない素のままの莉奈が、瑛太を求めてスッと立膝に女体を開いてくれるのだ。

「莉奈さん、挿入《い》れますよっ！」

ベッドに落ちた膝を駆使して、挿入角度に腰位置を整える。

掌でさらに太ももを押し開くと、甘酸っぱくも濃厚な牝臭が立ち昇った。

膣奥から溢れ出た蠱惑の蜜液がトロトロと零れ、太ももまで濡らしている。たっぷりとマン肉を啄んでいたため、既に切っ先にはそのヌルつきがまぶされていた。

「来て、瑛太くん、私の膣中《なか》に……」

あらためて亀頭部を女陰の中心にあてがうと、雄芯の熱さに驚き花びらがむぎゅっと収縮した。

「んっ、あうぅぅっ！」

牝獣の熱い咆哮《ほうこう》と共に、ほっそりした頤がぐんと天を仰いだ。あてがった牡肉がびちゅっと卑猥な水音を立て肉の帳《とばり》をくぐったのだ。

「うぐううぅっ！」

官能味溢れる朱唇がわななき、開股した太ももがぷるぷると震えた。白いシーツをぎゅっと握りしめ、眉根を寄せる苦悶の表情。そそる美貌にうっとりと魅入られつつ、ゆっくりと腰を押し進める。

「ああっ……くるわ……瑛太くんが挿入《はい》ってくる……っ」

いきり立つ亀頭で膣孔の天井を擦りながらずずずっとめり込ませる。

(莉奈さんのま×こに、俺のち×ぽがめり込んでいく……。ああ、莉奈さんが、俺のものに……)

脳内に快哉を叫びながらビロードのような淫肉を太竿でかき分けていく。

「くふっ……お、大きい、瑛太くんの大きな物が、莉奈のお腹に挿入《はい》ってくる……」

「ち、違いますよ……。莉奈さんの膣中《なか》が……窮屈《きゅうくつ》……なんです」

処女と見紛うほどの隘路《あいろ》。それでいて肉襞の柔軟さは相当のもので、よく熟れている証しだ。

イキ極め、こなれているからこそ瑛太の太い肉柱を呑み込んでいくが、そうでなければ彩音の時以上に挿入に苦労していたかもしれない。

「上品なま×こなのに、やわらかく拡がって……。ぐはぁ、襞がうねって奥に引き込まれます！」

極上の名器に、瑛太は歯を食いしばりながら腰を進めていく。蛇腹状であり、さらにうねくる複雑な膣肉。その具合を確かめ、濡れ襞のまとわりつきを堪能しながら挿入した。

「す、すごくいいっ。挿入《い》れるだけで、こんなに気持ちいいなんて……。莉奈さんのま×こ、激ヤバ！」

凄まじい官能が背筋を駆け抜け、射精寸前の危い悦楽に全身が痺れた。

「あ、あぁ……くふぅ、ううっ……え、瑛太くんもすごいわ……苦しいくらい広げられているのにぃ……あふあぁ、はああああぁぁ！」

喜悦に痺れているのは、瑛太ばかりではない。狭隘な肉管を内側から押し広げられつつも、それ以上の快感が女体に押し寄せているらしい。

「ああ、うそっ……莉奈、すぐにイッちゃいそう……挿入《い》れられているだけで……はああぁ、気持ちいいっ！」

絹肌の産毛《うぶげ》を逆立て、媚肉はじゅーんと蜜液を溢れさせている。キュンキュンと子宮が疼くらしく、膣肉の蠕動《ぜんどう》は大きく高まるばかり。

「いやん！　恥ずかしいけど、本当にイッちゃう……。あぁ、イッたばかりなのに……。挿入《い》れられているだけなのにぃ……」

豊麗な女体がびくびくと痙攣し、またもイキ乱れる。お陰で、瑛太も挿し入れた牡プラグが、道づれに蹂躙される。牡牝の官能神経が直結したように、凄まじい悦楽に翻弄《ほんろう》されまくる。早漏気味の瑛太が射精せずに済んだのは奇跡に近い。

「あっ、あぁぁ……。恥ずかしいけど、こんなに気持ちがいいのははじめてだわ。瑛太くん、凄すぎっ！」

「莉奈さんのすっごくエロい貌……。会社での凛とした顔が、よがり崩れて。ああでも、そんな莉奈さん、最高に素敵です！」

瑛太が面食らうほどの淫らな昇り詰めようだ。抽送もくれぬうちに、挿入しただけなのに、感度の上がり過ぎた女体は初期絶頂に身を焦がしている。

イキ恥じらう心とは裏腹に、熱くただれた牝壺は、愛しい肉柱を抜き去られまいとするかのように竿の根元を締めつけている。

「だって、ああっ、気持ち……いい……莉奈のカラダ、壊れちゃったみたい……瑛太くんに溺れちゃいそう……。瑛太くんのおち×ちんに莉奈のおま×こリセットされて、作り替えられたみたいね」

細腕が首筋に絡みつき、やさしく抱き寄せてくれる。ふんわりとした乳房が胸に潰れ心地よい。硬く勃《た》った乳首が、甘くなすりつけられている。下腹部に擦れているお腹のすべすべ感も相当なもの。媚熟上司が持てる全てを使い、瑛太をもてなしてくれるのだ。

情感に突き動かされ、瑛太は蕩けた表情で見つめてくる莉奈の朱唇を掠め取った。

「むふん、あふぅ、むむんっ、んんっ」

口腔に舌を挿し入れ、唇裏の粘膜や歯茎を夢中で舐めすする。

「おん、ひううっ、むふぅむむっ」

素晴らしい手触りの絹肌を撫で回し、その手指をさらに下方へとずらした。やわらかな陰毛を弄んでから、媚肉の合わせ目に忍ばせる。

「ああんダメっ……そこを触られたら、また莉奈は……ひっ！　……あ、あはぁ!!」

高嶺の花をさらに官能へと堕とすべく、巧妙にクリトリスをあやしていく。蕾《つぼみ》の頭を転がし、指で摘《つま》みとり、擦り、なぎ倒しと執拗に嬲《なぶ》った。

「ひっ、だめよっ……莉奈またおかしくなる……ああっ、こんなことって……」

太マラを埋められたまま敏感な器官を弄ばれては、熟れた女体が初期絶頂に兆すのもムリはない。兆した美貌をこわばらせ、必死に瑛太にしがみついてくる。首筋に巻きつけられた腕が息苦しいほどだ。

「いいの……どうしよう、莉奈、おま×こが浅ましく悦んでしまうの……っ！」

押し寄せる喜悦に、もはや思考が正常に働かぬ莉奈は、汗みずくの発情色に肉体を染め、せりあがりつつある牝の絶頂を告白している。

「ああ、すごいわ……すごくしあわせ……こんなにイキ乱れて、恥ずかしいくらいなのに……。瑛太くんとこうしていると最高にしあわせっ」

「俺もしあわせです。莉奈さんと一つになれただけでもしあわせなのに……。ああ、だけどもう限界です。切なすぎて、動かしたいです！」

「ああ、来てっ。莉奈をもっとしあわせにして……」

甘く促された瑛太は、腰を引いた。ずぢゅぢゅぢゅっと引き抜くと、すぐにぢゅるるるっと挿し戻す。擦れあう粘膜が、互いの性神経を鋭く刺激した。

「ひゃぁんっ、あ、あはぁ～～……っ！」

甲高く啼く莉奈の膣肉に、亀頭エラを擦りつけるように捏ねまわす。

「はぁあっ、あんっ！　んんぅ……もういっぱい感じているのに、そんなにされたらあ……あぁあんっ！」

徐々に抑えの利かなくなった瑛太のピストンにも敏感な莉奈の肉体は、派手に跳ねあがる。

たわわな肉房も大きく揺れ動き、長い黒髪もクシャクシャに乱れていた。

全身が強張り、眉間の皺が大きくなっていく。

「あ、ああん、そんな、切ないぃぃ〜〜っ」

震える声で抑制を求める莉奈だったが、その腰つきは、さらなる捏ねまわしを求めるようにのた打っている。

ぢゅぼっ、ぬぼっ、という濁った水音とともに肉柱に絡みついて引きだされる肉ビラは、貞淑な媚熟上司の内に潜む貪欲なおんなの本性そのもの。

「だめッ、ああッ、ダメぇッ……そんなに激しくしちゃ……乱れちゃうぅっ！」

堪えても堪えきれない喜悦を噛みしめた美貌は、汗に光ってこのうえなく色っぽい。

うねりくる官能の大波に呑まれ、もう何も考えられないのだろう。

「あんっ……あはぁっ……いいわ。瑛太くんのおち×ちん、気持ちいいっ……。あぁっ、おま×こ、イクぅっ……！」

恥も外聞もなく問われるまま従順に淫語を吐きながらよがり啼く莉奈。その火照った面差《おもざ》しを愛しげに見つめ、甘ったるい喘ぎに心を蕩かせ、ひたすら媚肉に打ちつける瑛太。

「莉奈さんの極上ま×こもいいです！　ぐずぐずにぬかるんで、すごく熱くて、超気持ちいいっ！」

痺れる快感の連続に莉奈は脳を蕩めかし、綻《ほころ》んだ理性を淫蕩な興奮で塗《ぬ》りつぶしている。瑛太の首に両手を絡めてすがりつき、ただひたすらアンアンと牝鳴きを極めるばかり。

「ああ、瑛太くんのも熱いっ……莉奈、恥ずかしいくらい蕩けているの……こんなに蕩けるのはじめてなのぉ……お、おん……イクッ、またイッちゃうぅ〜〜っ！」

十分以上に潤滑《じゅんかつ》なのに、膣襞が勃起にひどく擦れる。名器に慰められ鎌首《かまくび》をもたげた射精衝動に、ひたすら頭の中を白くさせていく。遠慮も気兼ねもなく、ドスンドスンと肉杭を打ちこんでゆく。

「あおおおッ、あおおおッ」

仮借ない抜き差しに、莉奈の身悶えは一段と激しくなった。獣じみた声をあげ、双臀をうねくねらせてのたうちまわる。悩ましい牝啼きも徐々に掠れ、もうまともに息もできない有様だ。

「ぐうおぉっ、莉奈さん、射精《イ》くよ……り、莉奈さんも一緒にイッて〜〜っ！」

瑛太の中出し予告を受けた莉奈の蜂腰が、ぐぐっと浮き上がり、抜き挿しにシンクロしてくる。思いがけないふしだらな練り腰。眉根をたわめ、朱唇をわななかせる扇情的な表情も瑛太の崩壊を促している。

「ぶふぉあっ！　り、莉奈さんのいやらしい腰つき、やばすぎっ！」

くねる細腰に合わせ瑛太もぐいぐい勃起を突き出し、激しい抽送を重ねる。

「あ、ああんっ……膣内《なか》に擦れちゃうぅっ……くふううっ、子宮が破れそうっ」

莉奈の蜜尻が浮き沈みを繰り返すたび、真空に近い状態の膣肉が精液を搾り取ろうと、ヌチュチュ、ヌクプッと吸いついてくる。

「ぐわあああっ。莉奈さん、もうダメです。俺、射精《で》ますっ！」

やせ我慢のしすぎで勃起は感覚を失っている。にもかかわらず、びりびりとした射精衝動が、蟻《あり》の門渡《とわた》りのあたりから皺袋までを切なくさんざめかせている。

「あぁ、待っていたの……瑛太くんの中出し……早く莉奈の子宮に浴びせて……瑛太くんを……最後まで感じたいのぉ……！」

焦点の合わないトロンと潤みきった桃花眼が、瑛太の子種をねだっている。もはや限界だった。

甘く汗ばんだ美女の肢体をこれでもかと抱きしめ、孕むことを望み降りてきた子宮口に亀頭を密着させ、菊座の戒めを解く。

「射精《で》ます。莉奈さんっ、ぐぅおおおぉ～～っ！」

絶世の美女を自らのおんなとした証に、雄叫びと共に種付けをする。

上半身をべったり女体に張り付け、力いっぱい抱きしめた。極上の抱き心地を堪能しながらの射精。男冥利に背筋が震える。

「り、莉奈もイクわ……あはぁイクぅうう!!　ああっ、イクぅううう……」

瑛太とほぼ同時に莉奈も絶頂を極め、のど元をくんっと天に晒した。兆し潤む表情は、どこまでも美しく、あまりにもいやらしい。

瑛太はイキ緩んだ媚膣にどくどくと精を吐き出していく。陰茎も亀頭も爆発するように体液をぶちまけ続けた。

互いにきつく抱きしめ合いながらの体液交換に、瑛太は涎を垂らしながら放心している。ただ性器だけを拍動させ、莉奈の胎内に己が体液を染みこませていく。

やせ我慢にやせ我慢を重ね、たどり着いた悦び。狂おしい快美感に、魂までが射出される思い。

「んふぅ、ふあぅっ、おうぅっ、おうううぅ～～っ！」

長く続く受精に、莉奈もまた牝イキの悦びを甲高く謳いあげている。艶やかに発情色に染めた女体が、ガス欠のクルマのようにガクン、ガクンと痙攣している。そうして啜り泣きを零しながら、多量の精子を子宮でごくごくと呑み干すのだ。
暫《しば》しの空白の後、莉奈は、浮かしたままの蜜腰をどっとベッドに落とした。
一滴残さず射精しつくした瑛太も、その女体の側にどさりと体を落とす。
「よかったわ。本当に素敵だった……。ああ、瑛太くん好きよ。大好きっ！」
絹肌に汗を噴き出させながら微笑んでいる。
熱い情交の後の満ち足りた悦びを、二人はうっとり噛みしめた。

第三章　竜宮の姫

1

「ところでねえ、瑛太くん、今夜だけど……あ、あん」

昼休みの会議室でいたしている最中。背後からの瑛太の抜き挿しに甘く背筋を揺らしながら、こちらを振り向いた莉奈がそう切り出した。

莉奈のお陰で、瑛太は大きな仕事をひとつ任されることになった。ふいに浮かんだ新たな商品のアイディアが認められたのだ。それはひとえに、彼女の内助の功があってこそ。

もちろん、カラダの関係もしっかりと続いており、そちらの方も互いのツボを知り抜いた上で、徐々にエスカレートさせている。

マンションでのプライベートな時間ばかりでなく、こんなふうにオフィスの会議室で逢瀬《おうせ》を愉しむこともあれば、会社を抜け出して逢い引きしたりと、瑛太のあらぬ望みを莉奈は全て叶えてくれるのだ。

もう一人の美女、彩音とも男女の関係は続いている。

彩音には瑛太の胃袋をしっかりと摑まれているから、彼女のもとに帰らぬわけにはいかない。

彩音も莉奈も、すこぶるつきに勘がよく「私の他に誰かいい人いるのでしょう？」と共に言い当てたものの、やはり二人が二人ともに、「瑛太くんが好きだから泳がせておくわ……」と容認してくれている。

精力旺盛な瑛太だけに、どちらかに偏《かたよ》ることなく二人を愛せることが幸いだった。

都合のいい自分を恥じる思いはあるものの彩音か莉奈のどちらかに決めるなど到底瑛太には不可能だ。

いずれどちらかに決める瞬間が来るのかもしれないが、もし許されるならずっとこのままでいたい。どこまでも自分勝手な話だが、それが偽らざる本心だ。

「今夜が、どうしました？」

莉奈とこうして肌を合わせながら別の会話をするあたり、ベテラン夫婦のピロートークのようだが、昼休みの短い時間を有効に活用するには、必然的にこうなる。

最近、とみに瑛太は時間感覚が狂ってきているように感じていた。

超絶美女たちとの逢瀬が愉しすぎるせいだろうか。確かに昼も夜もなく、場所さえもわきまえずに、自らの絶倫に任せ彩音や莉奈を貪っているから、感覚が狂うのも当然だ。

とはいえ、自分の周りだけ早く過ぎたり、反対に遅くなったりしているようにさえ感じているのは重症だ。

お陰で、会社に遅刻したり、反対にやけに早く着いたりすることもある。

莉奈のフォローのお陰で、遅刻は誤魔化せているが、これほど色ボケも過ぎると生活に支障をきたしそうだ。

「あのね、今夜、時間を作って欲しいの……。あ、あふう、んんっ……」

会議室のテーブルに手をつき、淫らにくねる艶腰が確実に瑛太にも心地よい漣《さざなみ》を与えてくれる。お返しとばかりに、ぐぢゅぐちゅっと、淫靡な水音を立て莉奈を抉《えぐ》ってやる。すると、婀娜《あだ》っぽい艶尻も悩ましい練り腰が蠢く。しかも、膣中では、快楽を搾り取るように長い肉襞がヌチュヌチュとそよぐのだ。

「……時間ですか？」

夜のお誘いを受けるのはやぶさかではないが、こんな風に改まって時間を求められるのは初めてだった気がする。

「ええと、別に予定はありませんが、今夜何を……？」

一晩中抱いて欲しいとでもねだられるのかと、少し期待したがどうやらそんなことではないらしい。

「そ、それは後で……。きっと瑛太くんには信じられないお話になると思うの……。だから、それはちゃんと時間のある夜に……あっ、あはぁ……」

いつもなら話を濁したりしない聡明な莉奈が、今一つ要領を得ない。

何かあるとは思うものの、それ以上の説明を求めても莉奈を困らせるだけのような予感がした。それは肌を交わした男とおんなだからこその阿吽の呼吸。

まるで長く連れ添った姉さん女房を立ててるようなつもりで、瑛太は「そっか、判りました。じゃあ夜に……」と大人しく話を引き取った。

そんな慣れが生まれつつある関係ながら、瑛太は莉奈に飽くことも倦《う》むこともない。むしろ肌を重ねるほど愛しさが湧き、狂おしいまでに性欲が沸く。

「莉奈さん。俺、莉奈さんのこと大好きです。愛しています！」

最高のおんなを抱いている自覚が、瑛太の情感を一気に高めた。

愛しさと興奮がないまぜとなり、抽送のリズムを一気に速める。

「えっ？　あ、ああ、ダメっ。そんなにいきなり激しく！　ああん、莉奈もよ、瑛太くんのこと愛している……」

発熱したように美貌を紅潮させ、左右に打ち振っている。大きく背筋を反らせ、ビクビクンッと悩ましく肢体を震わせた。

「んふぅ……ほうぅっ……んあぁぁ〜っ!!」

朱唇から漏れ出た甘い嘶《いなな》きは、多幸感に満たされたまま絶頂に打ち上げられた証し。

悩殺のイキ様《ざま》に瑛太はうっとりと魅入られた。

「いいのですよ。いっぱいイッて。俺は莉奈さんのイキ貌大好きです。ものすごく色っぽいし、年上のお姉さんの印象が、すっごく可愛くなっちゃうから……」

甘く囁きながら瑛太は並外れた美尻を鷲掴み、ぐいっと引きつけてやる。イキ極めたばかりの美貌が「くぅっ」と呻きながら、なおも背筋を反らせた。

「すごい、すごい。莉奈さんのま×こ、トロトロ！　ぐちょぐちょなのに、たまらなくち×ぽに擦れる。ああ、気持ちよくて脳みそ溶けそうです……」

細首を捩じらせ、ふっくらした朱唇が瑛太の唇に自発的に重ねられる。

甘く蕩けた舌の出迎えを受け、瑛太も舌を熱く絡みつける。

「ふぬん、おううっ……。瑛太くんのおち×ちん、莉奈の中でどくんどくん脈打っている。射精《で》そうなのね……。いいわよ。莉奈の膣内《なか》にいっぱい射精《だ》して……」

察した媚熟上司が、中出しを促すように蠱惑的な腰つきを速める。

「あ、あぁ、早く……瑛太くん、お願いよ。莉奈のおま×こを瑛太くんの牡汁で充たして……莉奈のおま×こ、とろとろだから……もう受精できると思うのぉ……！」

見事な美巨乳が、前かがみに紡錘《ぼうすい》形となって前後にたぷたぷ揺れまくる。

瑛太を射精に導こうとする健気な腰つき。莉奈があまりに大きく尻を振るから、瑛太の亀頭エラがかろうじて入口粘膜に引っかかる寸前にまでひりだされてしまう。

「ぐはぁぁっ！　莉奈さん……莉奈、りなぁぁぁ～～っ！」

雄叫びを上げ、ぎゅっと肛門を締め勃起を膣中《なか》で嘶《いなな》かせてから一気に弛緩させた。

頭の中が真っ白になるほどの射精発作。全ての歓びは、この一瞬に凝縮される。

堪えた白濁をここぞとばかりに、絶世の美女の子宮にドクドクと注ぎ込んだ。

「くふう、ふあ、ああ、熱い……瑛太くんの精子……熱い……ひうっ、莉奈、またイクっ……瑛太くんの精子でイクの癖になってるのぉっ！」

半日も溜めていない精子ながら、相変わらずその量は夥しい。怒涛の白濁を子宮に浴びた莉奈が、瑛太と共にイキ極める。

跳ね踊る鈴口を自らの子宮口に擦りつけながら受精絶頂に溺れるのだ。

ハァハァと呼吸を荒げ、机にすがりついている。被虐美さえ漂わせるその白い背中に、射精したばかりの分身が裏筋のあたりからまたぞろ疼きだす。

自らの際限のない性欲に呆れながらも、痩身の脇から腕を回し、すべすべした乳肌をねっとりと揉み潰した。

2

「あれ？　うちのマンションって六階までだったよね……」

退社後、駅近くのファストフード店で莉奈と待ち合わせた瑛太。てっきりどこか他所《よそ》へ行くものと思いきや、莉奈が導いた先は自宅のあるマンションだった。

無言のまま莉奈はエレベーターに乗り込むと、あるはずのない7のボタンを押したのだ。

瑛太と彩音の部屋のあるフロアは三階。莉奈の部屋のある階は五階。それより上は六階までしかないことは、二十年このマンションに住んだ瑛太がよく知っている。

一応、屋上があるにはあったが、エレベーターは六階止まりで、七階行きのボタンがあること自体がおかしい。

「七階なんてボタン、昨日まで絶対になかった！」

あるはずのない階に向かうエレベーターなど、オカルトじみている。その手の話がすこぶる苦手な瑛太だけに、少しパニックになりかけた。

「大丈夫よ。少なくとも瑛太くんに悪いことは、何も起きないから……」

動揺する瑛太の手を莉奈がやさしく握ってくれた。シルキーな声質が、瑛太の脳に穏やかに沁み込み、不思議と落ち着きを取り戻す。

「んっ？　耳がツンとします」

エレベーターが五階を過ぎたあたりから、耳鳴りのようなものがはじまった。気圧の変化が起きているようなツンとした感じも。

「気になるようなら、耳抜きをしてね……」

極めて普通のことのように莉奈がそう言う。相変わらずやわらかく微笑んでくれるお陰で、取り乱すこともなく冷静にやり過ごせた。

やがてエレベーターが六階を通過して問題の七階へと昇っていく。

また何か異変を感じるかと身構えた瑛太だったが、今度は何も起きない。

エレベーターが到着を告げる、チンと能天気な音に拍子抜けしたほどだ。

「あら。瑛太くん、今度は何も感じないのね？」

莉奈に、そう尋ねられても瑛太に動揺はなかった。

「感じないことはありませんが、なんでしょう……。むしろ穏やかな気持ちになると言うか……」

なるほど、エレベーターから出ると、このフロアだけ空気感が違っている。これまで味わったことのない感覚ではあったが、恐怖は感じない。それどころか、ひどくリラックスしている。ここまでの安心感は、莉奈がそばにいてくれるからばかりではないようだ。

明らかに、ここの空気がそれをもたらしている。

（ああ、判った……。羊水の中に漂うような感覚だ……。母さんの胎内で、めいっぱい安心していた頃のような……）

忘れていた感覚。記憶ではなく、体がそれを覚えていたのだろう。

「ああ、やっぱり瑛太くんは、姫が見初《みそ》めた通りの人なのですね……」

感激の面持ちで莉奈がつぶやいた。

何のことか判らず曖昧に微笑み返す瑛太。その手を莉奈がやさしく引いていく。

どうやらフロア全体がペントハウスになっているらしい。

奥へ進むにつれ、空気が一種の液体のようにまとわりつくのを感じた。

息苦しさはないが、その分、重力が希薄になっていく。

（ああ、やっぱり羊水に漂っているみたい……。水中にいるのに苦しくないのが不思議だ……）

あるいは夢を見ているのかもと思ったが、握りしめた莉奈の手の感覚はあまりにリアルだ。

「さあ、ここを開けると、これから瑛太くんには、夢のような瞬間が訪れると保証してあげるわね」

辿《たど》り着いた大きな扉の前で、クスクスと意味ありげに笑う莉奈。

「何のことです？」「どうして俺に？」「これから何が？」

聞きたいことが山ほどあったが、何ひとつ聞くことはできなかった。

莉奈がその扉を開けた途端、色とりどりの魚の群れが、キラキラと輝きながら一斉にこちらに向かってきたからだ。

「うわあああああぁぁっ！」

飛び出した魚群は、けれど一斉に瑛太の体を通り抜けていく。

「あっ、あれっ？　えっ、何？　これ光の束……？」

色とりどりの魚と思えたその群れは、カラフルな光の束だった。レーザにも似た何本もの光が、今しがた瑛太たちが来た向こうへと伸びている。

「浦島瑛太さまをお連れしました……。さあ、瑛太くん。中へ……」

莉奈が光源のあたりに声を掛けてから、瑛太の背中を押すようにして中に進むよう促してくる。

「浦島瑛太さまって……。いや、莉奈さん。そんな押さなくても……」

相変わらず不安や恐れは感じられないが、奥に何か得体の知れないものが潜んでいる予感がして、瑛太は腰が引けている。

それでも莉奈に背を押され、いつの間にか、ずいぶんと奥に進んでいた。

そうしてキョロキョロと辺りを見渡していると、眩《まばゆ》い光の中から一つの人影が現れた。

古いSF映画に、輝きとともに宇宙人が現れるシーンがある。そんな連想をしたのは、SFじみたことばかり立て続けに起きているからだが、光の中から現れたのは、宇宙人とは似ても似つかぬ、華やかなフォルムの人物だった。

「そんなに緊張しなくても大丈夫ですよ。瑛太さん」

聞き覚えのあるやわらかな声。頭でっかちの小柄な宇宙人とは、まるで正反対の小顔でスレンダーな見覚えのある美女。

「えっ？　あ、彩音さん！」

真っ直ぐにこちらに歩み寄るその姿は、紛れもなく彩音だった。にしても、彼女は、奇妙な格好をしていた。

デコルテラインを大胆に露出させたオフホワイトのビキニ状のチューブトップまでは、華やかかつ色っぽい装《よそお》いだが、細腰にまとわりつかせているスカートというか、衣装というかが変わっている。

腰より下を覆う筒状の衣装という意味では、スカートと呼ぶべきものだが、彼女のそれは前部分がミニ丈《たけ》で、太もも半ばまでしか隠さない代わりに、後ろ裾が異常に長く、まるでウエディングドレスの裾のように床に広がっている。さらに、その裾がふくらはぎのあたりから急激に窄《すぼ》まったかと思うと、床に垂れた三〇センチあたりからまたしても扇状に広がるのだ。

まさしくそれは尾びれのようで、しかも、大きめのうろこ状のレース生地が全体に縫い付けられている。

つまりは、人魚をモチーフにしたコスプレか何かなのかもしれない。が、あくまでも足先は筒状のスカートから真っ直ぐに出ていて、ピンヒールまで履いていた。

もちろん、その姿は奇妙には違いないが、なんとも可愛らしい上に、コケティッシュでもあり、普段の瑛太であれば心ときめかせ、早々にそのパーフェクトボディを抱き締めていたであろう。

けれど、今の瑛太にそんな余裕はない。

その心中は、先ほどまでの穏やかな心持ちはどこへやら、それとは真逆の大荒れに荒れている。

思いがけず彩音が現れた驚きとは別に、自分と男女の関係にある二人の女性が、瑛太を挟んで対峙しているのだからそれも当然だろう。

内心の動揺は隠しようがなく、ただひたすら彩音の面差しと莉奈の美貌とを交互に見比べて彼女たちの関係を探っていた。

（えーっ。彩音さんと莉奈さんは知り合いだったの？　いや、待て待て、同じマンションの住人同士、単なる顔見知りってこともあるのか……）

二人が目線で挨拶を交わしていたので、互いを認識しあっているのは間違いない。

けれど、それだけでは二人の関係性は図れない。

（まさか二人が修羅場なんてこと……。いやいや、都合のいいことばかりしている俺を、ここでとっちめようとしていたって、おかしくないか……）

相変わらず二人の美女は穏やかな表情を崩さない。それが瑛太には、かえって恐ろしく感じられる。

しかし、瑛太の頭の中は、ほぼ飽和状態に真っ白になっている。何か言葉を搾り出そうにも、何から口にすればよいかすら判らなかった。

「さあ、瑛太さん。そこに座ってください。リラックスしていてくださいね」

何もなかったはずの空間にいきなりソファが現れ、そこに彩音が座れと促してくれる。気が付けば、傍らの莉奈も、いつの間にか彩音と同じ衣装になっていた。

ずっと瑛太の手を握りしめていた莉奈だから早着替えの暇すらなかったはず。そんな魔法のようなことが起きるはずがなく、全ては混乱した頭が幻覚を見せているのかもと疑いはじめた。

そう考えれば、この七階のフロアの存在ごと説明がつくのだ。

(幻覚というか、頭がおかしくなったのかな……。いや。もしかして、やっぱり夢なのかも……)

ぼんやりとそんなことを想いながら莉奈の手に導かれるまま、瑛太はそのソファに腰を降ろした。その瞬間、彩音が現れたのと同じ光の中で、新たな人影が蠢いた。

3

ゴーンと響き渡る大きなドラの音を確かに聞いた。

けれど、それは鼓膜に届いたというよりも、頭の中でダイレクトに鳴ったように感じた。

思わず瑛太は、莉奈の手をしっかりと握りしめると同時に、もう一方の手で彩音の手も握りしめていた。

(ああ、やっぱり彩音さんの手だ。莉奈さんの細い手も本物だよね。ってことは、これって……)

息を呑む瑛太は、けれど、その眩い光から全く目を離せない。

朧《おぼろ》であった人影が、やがて美麗な女体へと像を結んでいく。

まるで目の前で愛と美と性の女神アフロディーテが降臨したかのような神々《こうごう》しいまでのフォルム。

決して西洋的な美しさというわけではなく、むしろ、とても東洋的な美を目にしていながらも、どうしてもそんな女神を思い浮かべてしまうのは、その日本人離れした正しい黄金比率に象《かたど》られた媚ボディがそう連想させるのだろう。

こちらに歩み寄ってくる様子は、まるで雲の上を颯爽《さっそう》と歩くかの如き、軽やかな足取りだ。

「あぁ、あの人は……」

体に刻み込まれた鮮明な記憶が蘇り、思わず瑛太がつぶやいた。

目の前に近づいてくるのは、以前に彩音といっしょにエレベーターホールで出会った、新しく越してきたあの超美女だった。

あの時はエレベーターから降りてきた彼女を見て、雷にでも打たれたかの如く痺れてしまい、身動きすら取れなくなったのを思い出す。

「ええ、あの方は私たちの主《あるじ》です……」

瑛太のつぶやきに莉奈が答えた。

主という古風な表現には、違和感を覚えたものの、その絶大なるオーラというか存在感に、思わず納得をしてしまう。

まだ会話する距離にないうちから、半端ない怖れを感じた。ただそれは威圧感とか恐怖の感覚とかとは微妙に違う。神のような存在に対し、自然と湧き上がる敬う気持ちとか畏《おそ》れ多いといった思いに近いだろうか。

それでいて、その人影が近づくにつれ、瑛太の心臓が高鳴りドキドキが止まらなくなっていた。

長らく逢えずにいた恋しい人とようやく逢えるような、そんな気持ち。

先日、一目見た瞬間から瑛太は恋に落ちていたのかもしれない。彩音の手前、その気持ちを即座に封印した上に、莉奈とも深い関係を結んだから脳がその恋心ごと記憶を遮断してしまったのかもしれない。

無意識のうちに、一種のセーフティガードが発動したのだろう。

「主って……。あ、あの方のお名前は？」

叶わぬ恋であっても、せめて名前だけでも知りたい。陶然としたままだから彩音と莉奈のことも慮れずに、そんなことを訊いている。

「あの方は、竜神渚紗《りゅうじんなぎさ》様……」

「ど、どういうご身分の方です？」

莉奈が教えてくれたことをいいことに、彼女をよほど高貴な身分を持つ女性と見定めた瑛太はなおも尋ねた。知りたい欲求が収まらないのだ。

「こちらの世界では、乙姫《おとひめ》様として知られるお方ですわ……」

莉奈に代わり彩音が誇らしげに応えてくれた。

「乙姫様かあ……。えーっ！　乙姫ぇ？」

彩音の言葉が呑み込めぬまま、ぼんやりと反芻《はんすう》し、ようやくその響きを理解した。

「彩音さん。そこからは、わたしの口から直《じか》に……」

鈴を鳴らしたような声とは、まさしく渚紗のような声を指すのだろう。ただ耳に流れ込むだけで、たちどころにうっとりとさせられてしまう声質。瑛太は、ぽかんと口をだらしなく半開きにしたまま、その声の主から目を離せない。

ゆったりと歩み寄るその女性は、ぴたりと瑛太の前に立ち止まり、まるで舞台から観客にあいさつするかの如く、悠然と両膝を軽く折り曲げ会釈した。

あまりにも優美なのは、その仕草や身のこなしばかりではない。

何といっても、その美貌。

鮮やかなまでの二重瞼に、切れ長の眼が、東洋的印象を艶やかに匂わせる。その漆黒の瞳はやや小さめで、その周りの左右と下部の白目がはっきりとしたいわゆる三白眼と呼ばれる目だ。

鼻筋がシュッと通り、小鼻が小さいのも典型的な美人の条件を満たしている。

ぽってりとした唇は胡蝶蘭の花びらのようだ。上唇よりも下唇の方がぽってりと厚みを増していて、どこか幼い印象を与える。その口角がキュッと持ち上がっているのがチャーミングだ。

恐らくその立ち居振る舞いから莉奈よりも年長であるようだが、どこをどう見ても三十路《みそじ》を越えているようには見えない。

スキンケアしか意識してないと思われる薄いメイクが、より外見的な年齢を低下させるのだろう。

まさしく傾城の美女を絵にかいたような女性であり、もし許されるならいつまでもうっとり眺めていたい気にさせられるほどの美貌だ。

（これって、ドッキリか何かか……？　もしくは、そういうコスプレなのかも……）

コスプレと思ったのは、彩音と莉奈の格好が人魚をイメージさせる衣装であるだけでなく、目の前の渚紗も人魚を思わせる衣装を身に着けていたからだ。それも、二人よりさらに大胆なコスチュームを。

シルク生地を極薄にしたような布を上半身に纏い、その上からブルーを基調とした金属製のコルセットのようなものを細い腰からお腹のあたりに装着している。さらに腹部には、ピンクの帯状の布をベルト代わりに巻いていた。

しかも、何が悩ましいと言って、極薄のシルク地から渚紗のまん丸くボリュームたっぷりの胸元が惜しげもなく透けているのだ。

下半身の艶めかしさも半端ではない。

鮮やかなブルーの水着とも下着とも取れる布が、露出しまくりのVゾーンを超ハイレグに際どく、かろうじて覆うのみ。光沢たっぷりの艶肌太ももや、腰高の臀部から連なるすらりとした美脚などは、眩《まばゆ》いばかりにその全容を晒していた。

その衣装を人魚のコスチュームと連想させるのは、渚紗のコルセットに仕掛けがある。

見ようによってはアーマーのようにも見える金属製のコルセットは、丁度乳房をひり出すようにその外周を覆っている。さらに、渚紗の脇からデコルテのあたりを飾る金属部分からは、細いプレートが肩を跨《また》ぐようにアーチ状に伸びている。背中まで伸びたそれの先端からは、彩音たちが下半身に纏わせているのと同様な素材で、うろこ状の紐のような装飾が連なっていた。

その様子が、羽衣《はごろも》が水中に漂うように映り、人魚を連想させるのだ。

「改めまして瑛太さま。きちんとご挨拶できるこの日を待ちわびておりました。当、竜宮《りゅうぐう》の主、竜神渚紗と申します」

メゾピアノの凛とした声が心地よく耳に響く。けれど、その内容がなかなか頭に入ってこない。

　一度だけ、その姿を垣間見ているお陰で、先日のように身動きできなくなるほどの衝撃はない。それでも、渚紗ほどのゴージャス美女と会話するのは緊張をする。

　しかも、渚紗が、目のやり場に困るどころの騒ぎではない衣装を身に着けているため、意識を集中できずにいた。

「あ、な、渚紗さん、ですね。瑛太です。どうも……」

　あれやこれやの動揺をいつまで経っても拭えず、矢継ぎ早の展開についていけていない。だからなのか、かえって当たり前の挨拶や言葉しか出てこなかった。

　これではいけないと、なかなか働こうとしない頭を大きく振り、何から尋ねればいいのか懸命に考えた。

「ところで、あの、いま竜宮っておっしゃいました？」

　自分でも〝そこ？〟と思わぬでもないが、口から出たのはそこだった。

　彩音は渚紗のことを乙姫であると教えてくれた。となれば、竜宮とは、あの竜宮城に違いない。そこは何とか繋《つな》がったが、よく判らないのは、そのことを彼女たちがごく当たり前のように真顔で言っている点だ。

　つまるところ瑛太には、ここが本物の竜宮城であるとは、とうてい信じられないのだ。どういうカラクリかは判らないが、このフロアには様々な仕掛けがあり、大掛かりに瑛太を担《かつ》ごうとしているのだと思っている。

瑛太を担ぐのに、ここまでする理由が判らないし、そうまでして得られるメリットもあると思えない。けれど、どう考えても導き出せる答えは、それだけなのだ。

「うふふ。やはり、にわかには信じていただけないようですね。ですが、ここは紛れもなく竜宮城なのです」

やわらかそうで官能的で、それでいて愛らしい唇が受け入れがたい事実を告げる。

「でも竜宮って、海の中にあるのですよね？　でも、ここは陸の上、マンションの中ですよね……」

口角がキュッとあがったチャーミングな唇に見惚れながら、瑛太はなおも疑問を突きつける。

「確かに、おっしゃることはごもっとも。竜宮は海の中にありました。でも残念ながら、もうわたしたちは海に棲めないのです」

「海に棲めない……？」

「はい。わたしたちの棲める海などもうどこにも……」

艶やかな美貌にスッと暗い翳《かげ》が走るのに、思わず瑛太はハッとした。

皆まで言われなくとも瑛太にも心当たりがある。

彼女の言葉が真実なら、その棲《す》み処《か》を奪ったのは、誰でもない地上に住む愚かな人間たちだ。

地球温暖化は、海洋生物の生態に影響を及ぼし、海は劇的に変化している。潮の流れが変わったり、サンゴ礁が死滅したり、海水の温度が上昇したりと、わずかこの百年ほどの間にすっかり海という環境を激変させている。

しかも問題は、温暖化ばかりではない。海洋生物や資源を乱獲している上に、様々な廃棄物を海に垂れ流し、あげく数十年数百年にわたって影響を及ぼす放射性物質まで海に流出させている。

確かに、海中に彼女たちのようなものたちが棲む楽園があるとしたら、どれほどの迷惑をかけていることか。

「だからと言って、人間から地上を奪い、ここで生活するなどと野蛮なことはできません。第一、それでは結局、人間と同じことをすることになります……。ならば、わたしたちは人間の邪魔をせずに異空間に暮らそうと……」

「異空間に……」

いつの間にか、瑛太は渚紗の話に引き込まれている。疑う想いは、ウソのように消えていた。

「もともとわたしたちは、海中に結界を作り暮らしていました。意図的に、空間を捻じ曲げ異世界を作り出すと説明すれば瑛太さまにも判りやすいでしょうか？」

高い精神性を感じさせる切れ長の瞳が、じっとこちらを見つめている。

求められるまま相槌《あいづち》を打つと、どういう訳か渚紗がポッと頬を赤くした。

「ただ異空間を地上に作るならば、少なからずわたしたちも地上に適合しなくてはなりません。その昔、海洋生物が陸に上がった時のように……」

「地上に適合……ですか……」

「はい。そのお力を瑛太さまにお借りしたいのです」

すっかり渚紗の話を鵜呑みにしていたが、そこで唐突に自分の名前が出てきたのには驚いた。

「お力って、俺にですか？　俺になんて何の力もありませんよ」

慌てて首を振る瑛太。その瑛太の前に、傾城の美女がすっと片膝をつき、瑛太の手の甲に繊細な手指を伸ばした。

途端に、びくんと背筋に妖しい媚電流が走る。

「わたしがこのマンションを、新たな竜宮の置き場所としたのには理由があります」

「は、はいぃ？」

やわらかく瑛太の手を、その掌に包み込む渚紗。つるすべのその感触に、さらに瑛太の心臓は高鳴った。

「あなたが、瑛太さまがここに住んでいると知ったから……」

美しい三白眼の目元がボーッと赤みを帯びている。恥じらうような発情しているような、明らかに潤んだ瞳。儚いまでに繊細な睫毛が震えている。

もしかすると自分と同様に、渚紗も緊張しているのではと、ようやく瑛太は気がついた。あまりにも美しくゴージャスであり、神々しくも理知的に見える渚紗が、なぜか瑛太を相手に緊張を強《し》いられているとしか思えない素振りなのだ。

「俺が？　どうしてそこに俺が出てくるのです？」

話の先を促す瑛太に、けれど渚紗は、いよいよその美貌を赤くして言葉に詰まっている。

瑛太の傍らで見守っていた彩音が、その様子に見かねたように口を挟んだ。

「瑛太さん。鈍いのですね。そんなことも判らないのですか？　姫様が瑛太さんを見《み》初《そ》めたからではありませんか！」

渚紗をかばうあまり、いつもの彩音らしからぬ口調。その後を莉奈が引き取った。

「地上に適合するには、人間の精を浴びるのが一番なのです。また、この異世界を維持するだけのエネルギーを得るにも、人間の精を浴びる必要が……。それに、人間との子をなすことができれば、おのずと次世代の子供たちは地上に適合できます。けれど、子をなすことができるのは乙姫様のみに許されること。ですから……」

莉奈の言葉でようやく渚紗が言葉に詰まる理由が分かった。つまるところ瑛太と性的に結ばれたい上に、孕ませてくれと求められているのだ。

「えっ？　あっ、うわぁ……。それって俺とエッチしたいってことですか？　な、何で俺なの？　って、どこで俺なんかを見初めたりしたのです？　渚紗さんと、どこかでお会いした覚えなんてないのですけど……」

慌てる瑛太に、いよいよ頬を上気させた渚紗が、上目遣いでこちらを覗き込む。

その凄絶な可愛らしさ。女神の如き清らかな表情。それでいてどこか妖艶で、どこまでも瑛太を悩殺せずにおかない。

「あの……。瑛太さま、昨年の秋頃、海にお見えになりましたよね。その折に、イルカをお助けになられたのを覚えていないでしょうか？」

確かに、そんなことがあった。

新たな商品開発の食材を求め、ボートで海に出た折だ。

湾内に迷い込んだイルカが一匹。まだ子供であるらしく方角が判らなくなったのだろう。見かねた瑛太がボートで先導したのだ。

「あっ！　ありました。波消しブロックに体が擦れてしまい、痛々しい姿のイルカの仔《こ》が……。でも、それが何か？」

「あの時、わたしもあの子を助けようと近くまで来ていたのです……。そのやさしさに、この方ならと瑛太さまを見初めて……」

　にわかには信じられない話ではあっても、瑛太がイルカを助けたのは事実であり、そんな話を誰にもしていないのも確かだ。

「あの時、周りに誰もいなかったし……。えーっ！　そ、それで俺が選ばれたってことですか？」

「折よく姫様は、発情期を迎えます。海であれば、受胎も容易なのですが、陸上では人間と同様に性交しなければ受胎も望めません。しかも、この機を逃すと、この先百年は子を成せないのです」

　莉奈の説明に瑛太は、あんぐりと口を開いた。それが本当であるなら目の前の渚紗の年齢はいったいいくつなのだろう。

「あれっ！　ちょ、ちょっと待ってくださいよ。やっぱり、その、時間は、竜宮と外の世界では違うのですか？　浦島太郎が玉手箱を開けるとお爺さんになるくだり、ありましたよね……」

渚紗の三白眼がふいに悪戯っぽく笑った。

「不安ですか？　瑛太さまも、お爺様になってしまわれるかもしれませんよ」

可愛らしさを含んでいた美貌が、突如妖艶に映る。怜悧《れいり》な美しさが、瑛太の心を鷲摑みにして離さない。半ば蛇に魅入られたカエルのような心境だ。

「爺さんになるのは困ります。確か三年の滞在が百年でしたよね。今の年齢に百歳足したらすぐに死んじゃいますよ……」

聞いているうちに瑛太は本気でビビりだしていた。このところ時間の流れが、おかしいと感じられていたから余計に怖い。

そんな瑛太を見て、渚紗がクスクス笑いだした。

「冗談ですわ。大丈夫ですから安心してください。竜宮の時間の流れは、海と陸とではまるで違うのです……」

まるで美人教師のように渚紗が時間に関する個人教授をはじめた。

「時間の流れにも重力が影響すると考えてください。難しい理屈は抜きにして、浮力の働く海中と陸の世界では時間の流れが違うのだと……。さらに結界の張られた異世界では、その重力の影響が数倍にも増長されるのです」

難しい理屈抜きのはずなのに、いまひとつ瑛太にはぴんと来ないから「はぁ……」と生返事するしかない。それでも渚紗のレクチャーは続いていく。

「つまり、深海に作られた異世界であれば、そこでの一年が陸では三十年以上に相当します。けれど陸に上がると重力の影響により、むしろ時の流れが逆転します。その理屈は難しすぎるので説明しませんが、おおよそ、ここでの三日が外界の一日程度です」

「うーんと、ってことは、どうなるのですか？」

指折り数えても要領を得ない瑛太に、まるでできの悪い子ほどかわいいといった風情で、慈愛の籠《こも》った笑みを注いでくれている。

「つまり、ここで一時間を過ごしても外界では二十分ほどしか進まない計算です」

「ああ、そのくらいですか……」

「ええ。ただ結界を陸に張る経験がわたしにはなかったので、なかなか時空が安定しなくて、それで時間が早く進んだり遅れてしまったり……」

なるほど、瑛太が時間の感覚を狂わすはずだ。

「ご迷惑をおかけしていたようですが、その調整もいまはもう済みました」

ようやく合点がいった様子の瑛太に、彩音が脱線しかけた話を元に戻した。

「で、いくら姫様が瑛太さんを見初めたとはいえ、本当に姫様の相手に瑛太さんがふさわしいかどうかと……。それを見極めるために、姫様のお付きである私と莉奈さんが……その……」

なるほど瑛太という人物に瑕疵《かし》はないかを品定めするため、彩音と莉奈が近づいたのだ。二人はどうやってか、翻訳業やＯＬといった身分で人間社会にとけ込み、瑛太の生活の中に現れたのだろう。

「ごめんなさい。瑛太くん。お付きという役目上、お毒見と言っては語弊《ごへい》があるけど、お試しというか、その……。本当はカラダまではやりすぎで、姫様にもそれは申し訳なく思っているけど……」

莉奈のその言葉は決定的だ。毒見や味見で相手をされたのでは、あれほど本気になった自分が悲しすぎる。いまも瑛太の心には彩音と莉奈が棲みついているのに。

「ようやく話が見えてきました。そういうことだったのですね……」

「あん。でも、ほら、瑛太さんとのエッチ、気持ちよかったのは本当ですし。そんなに落ち込まないでください……。それよりも、姫様とのこと。急《せ》かすようで申し訳ありませんが、私たちの未来がかかっていますので……。何よりもほら、姫様が瑛太さんを見初めたのは事実ですから……」

気落ちする瑛太の背中を彩音がポンと叩いた。背中を押してくれていると判るから少し心が軽くなる。

俯いてばかりはいられない。知らぬ間に見初められていた上に、自分は浦島姓。これはもう運命と、自らを奮い立たせた。

「判りました。俺でよければ……」

渚紗のような傾城の美女の相手ができるのならば、むしろこちらからお願いしたいのはやまやまだ。

「おめでとうございます。そうと決まれば善は急げです……。姫様には沢山の子を成していただかなくてはなりませんし、早速これから床入りを……」

まるで縁談をまとめる仲人のように、彩音と莉奈が話を進める。

竜宮には盃事などはないらしく、あれよあれよの内に瑛太は渚紗の褥《しとね》に導かれた。

4

「あ、あの……本当に、俺でいいのですかねぇ？」

彩音と莉奈にお試しとかお毒見などと明かされたことを、まだ気に病んでいる瑛太だから、またぞろ自信も失っている。

けれど、唯一の拠り所が目の前の渚紗なのだ。だからこそ、事のはじまりである渚紗が瑛太のことを本気で見初めたという事実を確かめずにはいられない。

「瑛太さまが、いいのです……。渚紗は瑛太さまをお慕《した》いしているのです。どうか、それだけはお疑いにならないで……。むしろ、渚紗の方が心配です。彩音さんや莉奈さんのように瑛太さまに気に入っていただけるかどうか……」

豪華な布団を何枚も重ねた寝室は、江戸の昔の花魁《おいらん》の褥のよう。その上に二人仲よくちょこなんと座り、互いに頬を染めて話している。

「そんな。渚紗さんを気に入らないなんてあり得ません。男だったら誰しもが俺のことを羨むでしょう……。迷子のイルカを助けるくらい当たり前ですし……」

「いいえ。なかなかできることではありません。それに瑛太さまに助けられたのはイルカの子だけではないと聞いています。莉奈さんも痴漢とやらから助けられたと……。その礼も主人としてしなければなりませんから……」

言ったあとで、またしてもポッと頬を染める渚紗。その美しさは相変わらずながら、心なしか二人でいるときの方が可愛らしくなるのは気のせいだろうか。頭の回転が速く、何事にも冷静な判断をできる乙姫である反面、もしかすると思いのほか気の小さなところがあるのかもしれない。

常にしゃんとしていなければならない立場にあるだけに身を律しているが、素の渚紗は手弱女らしい。そのツンデレにも近いギャップが、より彼女を可愛らしいと感じさせるのだろう。

(それに渚紗さんって、大胆な装束《しようぞく》を身に着けている割に、ずいぶんと恥ずかしがり屋だ……)

悩ましい女体をほとんど露出させているのに、その一本の腕は常にバストトップのあたりを覆って、もう一方の手は何気に股間のあたりを隠している。

そんな風に隠されると、かえって見たくなるのが人情だ。

すらりと高い身長は、瑛太よりもあるだろう。その割に、女性らしく薄く華奢な女体。だからといって痩せているどころか、かえって豊満な印象を抱かせる。

衣装から透ける大きな胸のふくらみが、あてがわれた腕にやわらかく押しつぶれながらぶにゅんと部分的にひり出され、そのハリと弾力を約束している。その乳肌の艶を見ると、二十代のそれどころか十代の肌のように水さえも弾きそうだ。

その魅惑のふくらみを過ぎると、優美な括れ、そしてまたしても挑発的に発達した臀部が腰高の位置に実っている。天使が左右から持ちあげているかのような臀朶《しりたぶ》が、ふっくらほこほこと歩くたびに揺れるのを瑛太は先ほど覗き見た。

あのお尻に勃起を突き立てたいと、願わずにはいられない男殺しの媚尻なのだ。

「あの……。瑛太さま……？」

名前を呼ばれ、我に返る瑛太。気を緩めるとすぐに渚紗に見惚れてしまう。

お陰で、彩音と莉奈から振られたことにも、それほど落ち込まずにいられる。

「瑛太さま……。彩音さんと莉奈さんのことで誤解のないように。二人とも、瑛太さまのことをお慕いしています……。それは判ってあげてください。あの二人は、瑛太さまの気持ちが渚紗に向かうよう仕向けるため、ムリにあんなことを……」

思いがけない渚紗の言葉に、瑛太は目を丸くした。

「瑛太さまを愛さぬうちに肌を許すような二人ではないのです。彩音さんも、莉奈さんも、確かな目で瑛太さまを見定め、その上で関係を結んでもいいと……。それだけは信じてあげてください」

「そうなのですね。俺が優柔不断だから……」

言われてみれば彩音が背中を押してくれたから渚紗とのことを決断できたのだ。莉奈が手を引いて導いてくれたから渚紗とこうしている。

「彩音さんや莉奈さんだけでなく、竜宮のもの一同が瑛太さまを歓迎します。深い愛情と敬意をもって……。それはもちろん渚紗も一緒です」

言いながら渚紗が瑛太の腕の中にしなだれてきた。

やわらかく肉感的な女体は思いのほか儚《はかな》げで、すぐに溶けてなくなりそうに感じられる。

犀利《さいり》の輝きを宿していた切れ長の双眸は、女性らしいやさしさに満ち、くっきりとした二重瞼を飾る長い睫毛が、そこに彩りを添えるように震えていた。

オニキスを連想させる黒目が妖しく潤んでいる。胡蝶蘭さながらの少しぽってりとした紅唇も、ふっくらつやすべの頬も、ほっそりすっきりした顎の稜線も、どこもかしこもが美しい。

そこに佇むだけで色香を発していた莉奈とは好対照に、渚紗は楚々とした印象でありながら、ある種独特の色気を滲ませている。

それ故、犯しがたいオーラに包まれた彼女であるのに、即座に瑛太は下腹部に血液が集まるのを禁じ得なかった。

（本当に？　こんなに美味しそうな美人と……？）

どんなに隠そうとも隠し切れない大きな胸元や女性らしい腰部のラインが、いやというほど瑛太を誘う。

腰より下まで伸びたストレートの黒髪は、コシとツヤに恵まれ、頭に天使の輪と呼ばれるツヤが輝くほどだ。

「でもやっぱり妬けてしまいます。瑛太さんを最初に見初めたのは渚紗なのに……」

「あ、うん……。すみません。節操なくて……。でも、ほら、俺はそんなこと全然知らないから……」

クールにさえ見えていた初めの印象とは違い、可愛らしくも悋気さえ覗かせる渚紗。つくづくツンデレの彼女に好印象が止まらない。

「判っていますわ。でも、不安なのです。渚紗は瑛太さまより、ずいぶん年上ですし……。それに……わたし、いい歳をして処女で……」

終わりの方は、消え入りそうな声。その切れ長の眼もすっと伏せてしまう。

「へっ？　処女……。処女って、バージンのことですよね。えーっ！」

あまりの驚きに、大声を出さずにいられない。

「ああん。いやですわ。そんな大きな声で……」

恥じらいに渚紗がきゅっと薄い両肩をすぼめさせ、女体を小さくさせた。その儚く消えいりそうな姿に、慌てて瑛太はその肩を抱き寄せる。

「ごめん。ごめんなさい。あまりにデリカシーなさ過ぎでした。でも、本当に驚きで……。あれ？　だけど、じゃあ浦島太郎とは結ばれなかったのですか？」

誠心誠意謝りながら瑛太は渚紗の三白眼を覗き込む。すると、目の下を真っ赤に染めた渚紗が、ふるふると小顔を左右に振った。

「ああ、それは渚紗ではありません。誤解なのです。浦島太郎さまを愛した乙姫は、渚紗より三代前の乙姫です。渚紗は十五代目で太郎さまが竜宮にいらしたとき、まだ二十歳の見習いでした……」

渚紗の説明によると、竜宮の主である乙姫とは、先代から禅譲されるものであるらしく世襲ではないそうだ。乙姫が統治する以前は、長きに渡り竜神が治めていたというから驚く。

いわば神と同等に統治する乙姫であり続けることは、大変なエネルギーが必要らしく、二年単位で任期を区切られる上に、二期以上は勤めないものらしい。

とは言うものの竜宮の二年といえば、地上では二百年。二期を勤めれば四百年という計算になる。

いわゆる浦島伝説の原型は、日本書紀にも記述があることから一三〇〇年以上昔から伝わる物語であっても、竜宮側から見れば十三年前の話に過ぎない。

だからこそ瑛太は、浦島太郎を見初めたのも渚紗であると勘違いしたのだ。

「ふーん。じゃあ、渚紗さんの歳は三十三ってことですね……。三十四かな？　でも全くそんな風に見えない！」

「もう。そんな計算ばかり瑛太さまはお得意なのですね……。そうです。だから渚紗は、瑛太さまより九つも年上で……」

「年上だから何なのです？　俺はそんなこと、ちっとも気にしませんよ。むしろ年上の包容力とか甘やかしてくれる感じとか大好きです。それに、今から渚紗さんは、処女ではなくなるのですし……」

いやらしく眼を三角にして、瑛太はさらに腕に力を込めた。

「あんっ……」

渚紗が短い悲鳴をあげながらも、瑛太の背中に手を回し、すがりついてくる。

雲を抱きしめているのかと思われるほど、ふわりとやわらかく繊細な抱き心地だ。

ただ一つ、先ほどから邪魔になっているものがある。

「あのね。渚紗さん。やっぱこれ邪魔です。とっても魅力的な装束ではあるけれど、この金属が……」

渚紗の乳房の周りから腹部までを覆う甲冑の如き金属製のコルセット。その背中の方には、金属製の細い板がアーチ状に反っている。

渚紗を抱き締めると、そのコルセットが瑛太の胸板に刺さったり、ブレードが腕に当たったりして鬱陶しいことこの上ないのだ。

「これが渚紗さんの正装だと判るのですが、脱がせ方も判らないし……」

「ごめんなさい。そうですよね。瑛太さんが脱がそうにも……」

言いながら、またもポッと頬を赤らめる渚紗。瑛太の前で、裸になることを想像したのだろう。

畏《おそ》れ多くも畏《かしこ》くも神に近い存在の渚紗が恥じらう姿に、不埒なまでに淫らな性欲が湧き起こるのを禁じ得ない。

このコルセットをどう外すかは、あとで考えようと即断した瑛太は、背徳的な興奮を覚えつつ、渚紗の官能的な唇に不意打ち気味に自らの口唇を近づけた。

「渚紗……っ」

赤い花びらのような唇が、あえかに開き、緊張にわなわなと震えている。

「あっ！」

ふんわりとした唇は、まるでソフトクリームのようなやわらかさ。それでいてぷるんと瑞々しく反発してくる。

（ああ、乙姫様と口づけしている。なんてふわふわして甘い唇なんだ！）

もしかすると渚紗は、男性と口づけするのさえ初めてなのかもしれない。

耳に心地よい声を発する紅唇は、渚紗のどこよりも官能的に映っていたが、いざそこに触れてみると、その想像を遥かに上回り瑛太の体に鳥肌が立った。

「んんっ……あ、ふぅん……」

触れては離れ、胡蝶蘭のような唇を幾度も啄む。そのたびに小さな鼻腔から愛らしい吐息が漏れた。

しっかりと閉じられた瞼の上で、儚げに長い睫毛が震えている。

「そんなに緊張しないでください……。ほら肩から力を抜いて。リラ〜ックス」

強張る頬にチュッと口づけしてから、妙なイントネーションを意図的につけて囁いた。可哀そうなくらい緊張している彼女を慮《おもんぱか》るだけの余裕を、いまの瑛太は持っている。

(これって彩音さんと莉奈さんのお陰だな。そうか、俺が渚紗さんをリードできるように、二人が教えてくれていたのだ……)

彩音と莉奈に心中で感謝しつつ、瑛太はやさしく渚紗の頭を撫でてやる。それもまた彼女に安心感を与え、少しでもその緊張を緩めようとしたもの。その想いが届いたのか、渚紗がぎこちなくも小さく笑ってくれた。

「そうだよ、渚紗、その笑顔。緊張しすぎると甘い時間を台無しにする。だから、リラ～ックス」

あえて名前を呼び捨てにし、敬語をやめたのも彼女を固くさせないため。

「うふふ、リラ～ックス」

渚紗が、愛らしく真似をする。そのすぼめた唇を、きゅっと挟むように二度三度啄んでから、繊細な細眉へと口唇を押し当てていく。

「怖がらなくて大丈夫だから……」

息継ぎの合間にもやさしく囁き、ふたたび唇をあてがう。くっきりと刻まれた二重瞼にチュッと触れ、その薄い皮膚をやわらかく摘《つま》む。

「うふふ……ちょっと、くすぐったいです」

「くすぐったいのと、感じるのとは紙一重だよ」

唇で美貌のあちこちをやさしく摘み取りながら、ほっそりした顎のラインを指先でなぞっていく。薄い皮膚の滑らかな手触りに背筋がゾクゾクした。

怯えるような、恥じらうような、落ち着かぬ眼差しには、けれど、瑛太への深い信頼が見てとれる。

「ああ、瑛太さまぁ……」

顔中を口唇に摘み取られ、どうしていいのか判らないのだろう。渚紗の細腕が、がむしゃらに首筋のあたりに回された。

胸板にあたる金属に、またも鈍い痛みを感じたが、豊かな胸元の弾力はそれを補って余りある。しがみつく細腕をそのままに、自由な両手をその胸元へと運んだ。

女体が可憐に震えた。びくんというよりも、ぎくりとした感じの震え。

(そっかあ、おっぱいを誰かに触れられるのもはじめてか……)

すさまじいやわらかさと心地よい弾力に満ちたマシュマロ乳房は、極上どころの騒ぎではない。手に触れているだけで、瑛太は涅槃《ねはん》へと導かれてしまいそうになる。

「瑛太さまっ……」

顎の線から首筋にかけてキス責めにしながら、シルクよりもさらに滑らかで、コットンよりもやわらかな透け生地越しにふくらみをまさぐる。

「うわあああああぁ！　やぁらかぁ～～っ！」

奇声に近い歓声を思わずあげていた。どこよりも触覚神経の発達している掌は、布地越しだというのに、早くも蕩けてしまいそうだ。

脳幹がぶるぶるっと痙攣し、ぐわぁんと肉塊をいきり勃たせていく。決して長くはないものの、ひどく野太い竿が熱く膨張した。

「あっ！　硬いモノが太ももに……」

美貌を茹で上げられたかのように真っ赤にさせる渚紗。ムチムチの太ももに、熱く硬い塊がゴリゴリ当たるのを感じ取ったのだ。

「だってこんなに渚紗が魅力的だから……」

言い訳をしてから整った鼻筋にも口唇をあてていく。どこかノーブルな印象を抱かせる整った鼻をチュチュッと啄み、小さな鼻腔と鼻翼にも唇を当てる。

「んっ……」

くすぐったそうな表情が悩殺的に可愛い。

思いをぶつけるように、薄布ごと豊かなふくらみを掌で寄せあげた。

ふわんとした物体が、着衣越しでも手指官能を刺激してくれる。女神さまの無垢なふくらみが、凡庸な生身の男を悦ばせぬはずがない。

下乳に片手ずつあてがい、丸みに沿ってその大きさを確かめる。

「やっぱり、大きいよね……。それにこのおっぱい、触っているだけでしあわせな気持ちにさせてくれるよ」

掌底でグッと支えながら、中指から小指までゆっくりと力を加えていく。

鉤状に曲げた手指をふにゅんと食い込ませながらも、ぶりんとした張りが心地よい反発を見せる。処女地らしい弾力が、おんなとしての熟れを帯び、奇跡の風合いを実現させている。

「あっ……」

渚紗の紅唇から小さな悲鳴があがった。小刻みだった震えも徐々に大きさを増している。緊張が和《やわ》らぐにしたがい、おんなの反応を示しはじめたのだ。

未だ首筋にしがみつかれているから上半身も下半身も密着している。むにっと押しつぶされたふくらみが、パンと内側から弾けんばかりの張りを感じさせてくれた。

「こうしていると温もりを交換しあえるね」

瑛太の囁きに紅潮した頬が、うれしそうにコクリと頷いた。

官能を匂わせる花弁のような唇が、ひとたびやわらかく微笑むと、殺人的なまでの可愛らしさ。たまらず瑛太は、至近距離をさらに詰め、その紅唇に再び押し付ける。

見開かれていた瞳があわてたように伏せられ、長い睫毛をいじらしく震わせる。

重ね合わせた唇のふわっとした感触に、またしても全身にびりりと電流が走った。

(うおおおっ……やっぱ唇、あまっ！　しっとり、ふんわりやわらかいし……！)

何度味わっても飽きることのない紅唇。触れた瞬間に、すーっと溶けてなくなるのではと思われるほどの柔唇だ。

短いキスを繰り返した末に今度はぶちゅぅっと長い口づけ。何度も息継ぎをしながら、互いの存在を確かめあう。やがて、それだけでは物足りなくなり、渚紗の紅唇を割って舌を侵入させた。

「むふんっ……んふっ……ぶちゅちゅっ、レロン……んふぅ……ぬふぅ」

ねっとりふっくらの舌粘膜は、渚紗の媚肉を連想させる。妄想を逞しくさせた瑛太は、彼女の口腔を貪るように舐め啜《すす》った。

「舌を……預けて……突きだすように……そう……」

差し出された紅《あか》い粘膜を口唇で挟みこみ、やさしくしごく。舌先でれろれろとくすぐりながら渚紗の舌を口腔に押し戻すようにして、そのまま自分も挿し入れた。

生温かい口腔の中、舌と舌をみっしり絡めあう。

「んふぅ……はううう、おぷふっ……ほおおぉっ……」

どれくらい唇を重ねあっていたのだろう。幾度舌を絡めあったのか。情熱的なキスに、互いに心を蕩《とろ》かし、ひとつに混ざりあっている。

「キスって……こんなに気持ちいいのですね……」

初々しい言葉が、瑛太の琴線に触れた。

うっとりと瞳を潤ませ、瞼の下を赤らめている姿に初心《うぶ》い色香が感じられる。切ない思いに急き立てられ、さらに女体をぎゅっと抱きしめた。

最早、コルセットが痛いなど言っていられない。

相変わらず細い腕が「もっと強く抱いて」とばかりに、首筋にしがみついている。

「渚紗……」

鼻と鼻をくっつけあい、目と目を見つめあう。

何かに気づいた渚紗が赤い頬をさらに紅潮させ、はにかむような笑みを浮かべた。

「さっきよりも、硬い……」

傾城の美女と密着して、熱い口づけを交わすなど勇者や国主でさえそうできることではない。まして凡庸な自分を痛いほど自覚している瑛太なのだ。だからこそ、下腹部が劣情を集めてやまない。爆発しそうなまでに昂ぶった肉塊。滾るばかりの血流がもたらす灼熱。恥も外聞もなく「渚紗が欲しい！」と訴えていた。

5

首筋にしがみついていた渚紗の両腕がふいにほつれ、その位置をゆっくりとずらしはじめた。やさしい感触に首筋をくすぐられたかと思うと、掌は襟元に到達した。

「え、ああ、そうか……そうだね」

襟をやさしく開かれ、未だに自分が衣服を身に着けていると思い当たる。

「うふふ、まだ服を着ていると気づかぬほど興奮してくれたのですね」

わずかばかり余裕を取り戻すと、すぐに渚紗は乙姫に戻ってしまう。もちろん、それに異存はないが、せっかくツンデレ気味の彼女なのだし、二人でいるときは素顔の彼女でいさせてあげたい。

そんな瑛太を尻目に、甲斐甲斐しく姉《あね》さん女房の如く服を脱がせてくれた渚紗が、続いて自らの衣装に手指を運んだ。

「瑛太さまの熱い口づけで、なんだかカラダの芯が火照っているようです……。とても恥ずかしいけれど、これを脱いでしまいますね……」

瑛太が脱がすのに苦慮していたコルセット。渚紗は目元までぽうっと染め、いよいよその妖艶さを色濃くさせながら、自らの背中へと手を回した。

かちりと金属音がすると嵌め合わせの金具が外れたのだろう。そのまま渚紗は、コルセットを少し前方へとずらした。

「それって着けていて痛くないの？」

アーマーを思わせるコルセットは、下乳を支えるカップの部分が、丸みを帯びた三角を形成している。やわらかな乳肉全体がその丸みのある頂《いただき》に食い込み気味に載っているので、痛みを伴《ともな》いそうに映るのだ。

「うふふ。はじめのうちは痛かったのですが、もうすっかり慣れました。代々の乙姫が身に着けてきたものなのですが……」

渚紗が急に口を噤《つぐ》んだのは、恐らく、歴代の乙姫の中でも彼女が一番、大きな乳房の持ち主だったからなのだろう。窮屈なコルセットから乳肉が、想定以上にはみ出してしまい、それを恥じて渚紗は語尾を濁らせたらしい。

ただでさえこれから素肌を晒す羞恥に身を焦がしているのに、さらに自らの肉感を自覚させられ渚紗は身を竦《すく》ませている。

無言のまま渚紗がコルセットを外した途端、支えを失ったふくらみがぶにゅんとマッシブに揺れ、さすがに重力に耐えかねて重々しく垂れ落ちる。それでいて十代の肌ほどにハリがあるため、僅《わず》かばかり左右に流れるばかりで、まん丸いフォルムはさほど失われない。

「あん、そんなに見ないでください……。瑛太さまの視線の方が痛いです……」

コルセットを外し終えた渚紗は、お腹に巻き付けていた下帯のような薄紅の紐状の布を解くと、くるりと瑛太に背中を向け、その上半身から薄絹も脱ぎ捨てた。

純白の背中の砂時計のような美しいフォルムを、ロングヘアが際どく隠している。瑛太はその純白と漆黒のシンメトリーの艶っぽさを、瞬時に脳裏へと焼き付けた。そんな灼熱の視線を背筋に感じたのだろう。渚紗はそれを逃れるように、ブランケットをはぐり、その中に豊麗な女体を滑り込ませていく。わずかに残された下腹部の水着状の薄布は、外しあぐねたらしい。

「やさしくしてくださいねっ……。本当は、少し怖いのです……」

初々しい色香を漂わせ、ブランケットに包まれたまま上目づかいで瑛太を見つめてくる。

無言のまま瑛太は頷くと、彼女の頬の稜線にやわらかく唇を押しつけ、白いブランケットを静かにはぐった。

刹那に、甘酸っぱい香りが瑛太の鼻腔をくすぐる。微《かす》かに磯《いそ》の香りが入り混じっているように感じたのは、先入観によるものか。もちろん、全く嫌な匂いとは感じない。それどころか震えるほどのいい匂いだ。

渚紗が両腕で抱えるように胸元を隠しているから、その全容は確認できないが、腹部の艶めかしさやムッチリとした腰つきは露わになっている。

「ああ……殿方に裸を見られているのですね。恥ずかしい……。なのに、どうしてでしょう。渚紗は高揚しています。ふしだらですね……」

「そんなに渚紗さん、俺のことを好きでいてくれるの？　だから高揚しているのだよね……」

尋ねずにいられない瑛太に、初々しく美貌を赤らめながら渚紗が頷いてくれた。

「はい。心から瑛太さまをお慕いしています……」

どこまでも高く舞い上がるほどのうれしい返答。渚紗ほどの傾城の美女が、何を好きこのんで瑛太など、といまだに思ってしまうが、もしかすると異世界では自分のような顔の方がイケメンなのかもと都合よく考えることにした。

「だったら、この邪魔な手をどかそうよ。いいよね？」

瑛太の問いかけに小顔がこくりと頷いた。それを合図に、胸元を抱えていた乙姫の長い腕がおずおずと左右に分かれていく。

「ああっ……」

絶息するような切ない溜め息が、薄紅の唇から漏れる。

現れ出たのは、ヴァージンスノーより透明なきらめきを放つ白翡翠《しろひすい》の乳肌。薄灯《うすあか》りに照らされるせいか、ひどく艶めかしい光景だ。

「き、きれいだぁ……。感動してしまうほど美しいおっぱい……っ！」

儚いまでに繊細な鎖骨。その直下、肉付きの薄いデコルテラインが、突然スロープを急角度に盛り上げ、丸く大きく張り出したふくらみを形成する。

純白美肌がどこまでも清純な印象を際立たせながらも艶めかしい質感に富み、しかもぴちぴちとハリに充《み》ちている。

その頂点には、やや大き目な薄茶色の乳暈と硬く痼った乳首が佇んでいる。

内面から光り輝いているようで、あまりにも眩い神乳だ。

その体つきは、全体に肉感的でありながら、やはりスレンダーな印象。成熟がしっかりと及んでいるが故に、ムンと牝を匂い立たせている。

お腹回りを急激にくびれさせているため、見事なまでに実らせた乳房との対比が、極端なメリハリとなるのだ。

「ああ……。感動で溜息しか出ない。渚紗のような体つきをエロボディっていうのだろうね……。どこもかしこもが、こんなに成熟しているのに、乙女のような初々しさがあるのは、やはり処女だからかなぁ？」

たっぷりと熟した女体が放つ性感フェロモンと、乙女ゆえの初心な青さが同居する女体が、途方もなく瑛太の男心をくすぐる。その姿を拝むだけで射精してしまいそうなほどの興奮を煽られるのだ。

「きれいだよ。渚紗。言いつくされた言葉で悪いけど、きれいだ……」

成熟したおんなのカラダ以上に、美しく芸術的なフォルムはないと思っている。中でも、渚紗の裸身は、お世辞抜きに最上級の美を誇っている。

しかも、ただ美しいだけではない。すぐにでも勃起を突きたてたくなるほど、性的魅力にも溢れているのだ。

未熟と成熟の見事なアンバランスを自分ごときが手折ることに、躊躇いを覚えるほどの奇跡の果実。けれど、これほどの女体が、さらに輝く姿を目にしたい欲求もある。そのように完成されるには、その女陰で男の精を吸う必要があるだろう。

理屈ではなく男の本能が、瑛太にそう告げている。

「手を触れるのも憚《はばか》るくらい、きれい……」

「ああん、恥ずかしすぎて渚紗、どうしていいのか判りません……」

極度の羞恥に怖じけながらも、その表情には蠱惑の色が窺える。

「出会ったばかりの女性にこんなことを言っても信じてもらえないか判らないけれど。渚紗。好きだよ。心が震えるほど渚紗に惚れた！」

自分がこれほど惚れっぽいとは思っていなかった。実際、調子よすぎだと思う。彩音に心を動かされたり、莉奈にときめいたりしてきたのだから。

けれど、どこまでも初々しく、それでいて上品な色香を振りまく渚紗に、本気で惚れたのも事実だ。しかも、誰よりも渚紗は、自分を慕ってくれている。

「瑛太さまは、やはりお優しいのですね……」

渚紗が照れたような、それでいて心からうれしそうな表情を見せてくれるのが何よりうれしい。

「ああん。瑛太さまぁ。渚紗も好きです……。瑛太さまが……大好きっ……！」

傾城の美女が何度も愛を告げてくれる充実感。しかも、純情可憐な乙女を匂わせるばかりでなく、年相応に濃艶な色香まで発散させている渚紗からの愛の告白だ。

瑛太は頭の中で、ひと足早い絶頂を味わった気分だった。

「俺も渚紗が好き。古風で、可憐で、それでいて、こんなに色っぽい！」

またしても紅唇を掠め取り、右手をそっと女体の側面に這わせた。

「んっ！」

小鼻から漏れた艶めいた声が、瞬時に瑛太を悩殺する。

ぶるっと震えた女体を掌でさすりながら、そのまま腰部にまで下げていく。

同時に、唇をガラス細工のように繊細な首筋へと運んだ。

純白の首筋が、即座にピンクに染まっていく。途方もなく滑らかで、渚紗の汗と体臭が口いっぱいに広がった。

「ああ、甘い。渚紗の肌、とっても甘くておいしい……！」

剝き出しの首筋や肩、鎖骨にキスを浴びせ、女体をぎゅっと抱きしめると、またしてもマシュマロ乳房がやわらかく胸板に当たる。

その美貌をまじまじと見つめると、困ったように目を伏せる渚紗。あまりに可憐なその初心さに、またしてもぶちゅっと紅唇を奪った。

「ぢゅぶ、ぢゅ……ぶぶぢゅちゅ……くちゅちゅっ」

ふっくらした唇を舐めまわすように貪りながら、ついにその手をマッシブな乳房へと運ばせる。

大きなふくらみは、仰向けになっても誇らしげにお椀型のドームを作り上げている。その横乳に指先が触れるや否や、びくんと女体が慄《おのの》いた。

「やっぱり、緊張している？」

気遣う瑛太に、小顔が左右に振られた。

「大丈夫です。頭の中には、ふわーっとピンクの靄が掛かって、何も考えられませんから……。エッチな気分ってこんな感じなのですね……。まさか、乙姫のわたしがこんな心持ちになるなんて……」

乙姫であろうとなかろうと成熟した女体をあやされ、感じないはずがない。渚紗が人間かどうかはともかく、彼女たちの肉体構造が人間とほぼ同じであり、性神経も持ち合わせていることは彩音や莉奈で確認済みだ。

「感じてしまうのでしょう？　いっぱい感じていいからね。乙姫様がイクのを見てみたいし……」

瑛太が殊更《ことさら》に「イク」という言葉を使ったのも、それを渚紗に意識させるため。気持ちいいと認識させ、それが絶頂に繋がると意識させることで、より渚紗の興奮や肌の感度は上がるはず。

「渚紗がイクところ？」

「そうだよ。俺、渚紗のイキ貌を見たい。いっぱい気持ちよくしてあげるから。ちゃんとイクのだよ……」

小さな渚紗の耳に、やさしくもねっとりと蠱毒《こどく》を吹き込む瑛太。その美貌はもう可哀そうになるくらい赤く染まっている。それでも渚紗は小さく頷いてくれた。

「そ、それが瑛太さまのお望みであれば……」

消え入りそうなほど小さな声で乙姫が絶頂すると約束してくれた。本当に、そこに導けるかは瑛太次第ながら、少しは渚紗を精神的に解放させたように思う。

「うん。素直でよろしい……」

おどけたように瑛太が口にすると、渚紗がクスッと笑ってくれた。

それを機に、漆黒の髪が褥に散る華やかな風情に見惚れながら、横乳や下乳といった敏感な中心部からわざと外れたところをゆったりとなぞっていく。

「あん、あっ……あぁっ……んふぅっ」

心なしか声を漏らすことへの躊躇いが薄れたのか、紅唇が悩ましくほつれだす。その反応も明らかに落ち着きをなくしている。豊麗な女体を右に左にのたうちはじめたのだ。

それをよい兆候と認めた瑛太は、いよいよ本丸に責め入ろうと唇を胸元に運んだ。

裾野にぶちゅりと吸い付き、白磁ほども滑らかな肌を舌先でくすぐる。

（おわあああっ！）

思わず瑛太は心中に雄叫びをあげた。ふくらみの表面に唇を寄せただけで、そのあまりに心地よい風合いとバニラほども甘い匂いに、凄まじい衝撃を受けたのだ。

しかも、乳肌の滑らかさといったらどうだろう。まるでオイルローションを表面に塗りつけられているかのように舌先が滑っていく。

「すごいよ！　渚紗のおっぱい。生クリームが塗りたくられているみたい。ふわふわで甘くて、ビックリするくらい滑らかで……。唇やベロが蕩けちゃいそう！」

感動に背筋を震わせながら、裾野《すその》から乳丘へと口唇を移動させる。

乳臭い甘さと微かな汗の成分が、口いっぱいに広がるのをレロレロと舌先で追い、ぶちゅちゅちゅっと乳丘にキスの雨を降らす。

「くううん……。ああ、どうしたらいいのですか……。渚紗の肌、どんどん火照ってしまいます……。あはぁん。こんなに敏感になったことはありません……」

むずかるように美貌を左右に振る熟女処女。豊かな雲鬢が千々に乱れ、いっそう官能美をまき散らしている。

「あぁ、いやぁ……あそこまでが、もやもやとムズ痒くなって……。発情するとは、こういうことなのですね」

百年に一度の発情期を迎えている渚紗だから、相当にその肌を敏感にさせているのだろう。

瑛太の手指や唇が繰り出す、触れるか触れないかのフェザータッチにも、女体はあられもなく悶えまくる。

とても生娘《きむすめ》とは思えない乱れ振りに、この調子で責め続ければ本当に渚紗は昇天しそうだ。

ああは言ったものの瑛太にも確実に渚紗を絶頂させる自信があったわけではない。それだけに、これほど感じてくれる渚紗に瑛太は安堵しながら、その乳肌の甘い官能成分を舌先でこそぎ取り、空いた方の手指を彼女の下半身へと運んだ。

「あ、そ、そこはダメですっ！　そんな恥ずかしい所、いやです。渚紗、そこ濡らしています……」

掌を内股に潜り込ませた刹那、小さな悲鳴が上がった。

「しーっ……大丈夫だから……。もっと気持ちよくならなければ、昇天などできないよ。ほら僕を好きなのでしょう？　好きな人になら何をされても平気だよね？」

「ああん、違います……お慕いする人だから恥ずかしいのです……」

乙女の恥じらいが、凛とした大人っぽさを霧散させる。その可憐な様子に、心ときめかせながら俊太は、ほこほこの内ももを撫でさする。さらには、中指の先で付け根あたりをつんつんと突いた。もちろん、触れるか触れないかの微妙な程度に。

未だ下腹部には布地を残しているが、未経験の乙女にはそれで充分だ。

「あっ、いやん……そこ……ううっ……そこも……だ、ダメですっ」

肉感的な上半身同様、渚紗は下腹部も肉づきがいい。真綿のようにふかふかのもも肉にも、掌の熱で溶けるのではと思うほどの上質な熟脂肪が載っている。

「んふっ……ふううんっ……あっ……あん、あぁん……っ」

美肌から湧き起こる恥覚過敏の性感に、渚紗はどうにも対処できずにいる。

一度乳房を離れた唇で、首筋から鎖骨にかけてをべとべとになるほど、しゃぶり尽くし、舌先でくすぐると、処女乙姫はひたすら呻き、びくんびくんと震える。そこに気持ちが集中すると、下腹部に意識が回らなくなるらしく、お陰で股の力に遮られることなく、ぷっくらとした恥丘を占拠することに成功した。

「つく……ああ、いやです……そ、そんなところ……」

水着にも似た薄布越しに肉土手を確認すると、瑛太はそっとその谷間に指を滑らせた。発情のうねりを怒涛の奔流に変えさせようとの狙いだった。

「はうんっ……あんっ、ぁあん……っく、ふうんっ」

小さな鼻腔をひくひくと蠢かせ、喜悦吐息を熱く漏らしている。

瑛太の腕に、渚紗の長い手指がしがみついた。動きを妨げる意図は感じられない。

下腹部に湧き起こる恥悦をやり過ごそうとしたらしい。

「すごいなあ渚紗は。こんなに敏感なんだ。ここをちょっと触れられただけで、びくんびくんと悩ましいくらいに感じちゃって……」

指を尺取り虫のように行き来させるだけで、ぢゅわぁっと蜜液が沁み出してくる。

処女乙姫はいやいやと頭を振りながらも、全身の毛穴から牝臭を撒《ま》き散らした。

「ああん、いやぁっ！　感じます!!　渚紗、恥ずかしいほど感じているの！」

処女乙姫の細腰がビクンと震えあがった。

指先で押されると、薄布に滲みこんだ牝汁が溢れ出す自覚があるのだろう。中で恥裂が赤く充血し、ザクロのようにはじけているに違いない。

瑛太は、そんな渚紗が愛おしく、また下乳の付け根に舞い戻り、ベロ表面での舐めあげを再開させた。

温められたゼリーのような、ふるふるふんわりとした乳肌。驚くほどの甘さを追い求め、その乳肌にナメクジのように濡れ跡《あと》を残しては、隣の頂《いただき》に谷渡りして同様に舐めあげていく。

「ふあ、あ……ああんっ、あっ、ああっ」

愛らしくも官能的な喘ぎが、隠しようもなく漏れ出している。

円筒形の乳首が、いまや瑛太の人差し指の先ほどにも肥大して「何が起きているの？」と覗くように頭を持ち上げている。

すかさず、その萌え乳首を乳暈ごと口腔に含み、舌先で突いたりレロレロと転がしたりと、執拗にあやしていく。

口腔内を真空にして、乳丘から引き剝がすほどの勢いで、強く乳首を吸いつけた。

「あ、ああっ……ダメですっ、そんなに強く吸っちゃいやぁ……」

ムクムクとせり出す乳首を、なおもバキュームしたまま垂直に引っ張ると、限界に達した柔蕾がちゅぷんと水音を立てながら口腔から逃げ去った。

「あうんっ！」

伸びきったゴムが戻るが如くの衝撃に、渚紗が呻きを漏らした。ただでさえやわらかい肉丘は、その反動でふるんふるんと揺れている。

畏れ多くも乙姫様に、何たる不埒な振る舞い。自分で自分に突っ込みを入れながら、その愉しい悪戯をやめられずに繰り返す。

「やぁ……ん、お、おっぱいが熱いです……。乳首が痺れて取れちゃいそう……」

双丘を交互に舐めしゃぶりながら、股間で蠢かせる手指をさらに忙しくさせる。

指の腹が濡れジミを行き来するたび、びくんと細腰を浮かせるのが悩ましい。

「あぁあっ。渚紗のパンツ、グッチョグチョ。お汁をいっぱい吸ってすごいことになっているよ」

「いやぁん。い、言わないでくださいっ！」

「どうして？　正直に、気持ちがいいからって言えばいいのに。ほら、言って！」

言葉でも艶姫を責めながら、指先で秘唇の外縁に円を描き、なおもその性感を促した。我慢しきれない下腹部が、もじもじと細かく蠢く。

「はうん、っく……。ええ、そうです。渚紗、気持ちいいですっ……恥ずかしいくらい感じていますわ！」

湾曲させた中指の先端で、薄布を食い込ませた縦溝を船底から上へ向かって撫でていく。

「うん。上手に言えたね。では、ご褒美にもっと気持ちよくしてあげるよ。そろそろイキそうでしょう？　いつでもイッていいからね……」

興奮の色を隠しきれず瑛太は、そっと渚紗の細腰に手を運んだ。

ウエストで急激にくびれてから、左右に大きく張り出した腰部へ続き、官能的曲線美を形成している。みっしりと中身の詰まった臀朶をブルーのパンツが包み込んでいる。ムチムチの白い艶太ももが、彼女が年上であることを意識させた。

「ぐしょ濡れのパンツ、脱がせちゃうね」

猥褻《わいせつ》に告げてから、手にかけた薄布を許しも待たずに引き下げていく。

「ああっ……」

乙女な吐息を漏らしながら、渚紗は恥ずかしげに両手で顔を覆った。

薄衣《うすぎぬ》一枚残さず瑛太に剝かれた年上の乙姫は、眼も眩《くら》むほど美しく淫靡だ。

「いやです……そんな見ないでください……。ああ、瑛太さまの視線が痛い」

悲鳴にも似た狼狽《ろうばい》の声が、紅唇から零れ落ちる。

どんなに頭の回転が速くとも、行動力豊かに物事を進めることができようとも、人々の尊敬を集めるほどの人望と高い精神性があろうとも、全裸を晒した乙姫はただの手弱女に過ぎない。

「見ないわけにいかないよ。こんなに綺麗な裸を……。そのカラダの隅々《すみずみ》まで……渚紗のま×こまで俺は見たいんだ！」

ごくりと生唾を呑みながら瑛太は膝の裏に両手をあてがい、渚紗の太ももをM字に割り開いた。

太ももの裏、尻朶は抜けるように白いのに、内ももの付け根から露出した女陰は、純ピンクよりも暖かみのあるコーラルピンクをしている。

ふっくらと肉厚の土手に囲まれた陰唇には、無数の皺が繊細な模様のように走っている。女唇とその周辺にまばらに短い縮毛が点在し、丘を飾る恥毛も濃い印象。

清楚な艶姫がひた隠しにしていた秘所は、凄まじく卑猥なのに、やはりどこか品のよさを感じさせる。

これまで誰の目にも触れさせてこなかった処女地に、瑛太は震えがくるほど感激していた。

「これが渚紗のま×こ……。すごく新鮮で、きれいな肉色だね……。ああ、すっごくいやらしい匂いをさせている……甘く切なく男を誘う匂いだ……」

媚肉を指先で摘み菱形に押しひろげると、甘酸っぱい牝臭が漂うのだ。

「あっ、くぅっ……さ、触っちゃ、ダメです……。匂いも嗅いじゃいやです。ああ、こんなに恥ずかしいのに、どうしてカラダが火照るのでしょう……」

「カラダの火照りそのままに渚紗のま×こ、透明な液でぐしょ濡れだよ。奥までサンゴ色に輝いている」

見たままの光景をつぶやくと、またも渚紗は首を左右に振った。扇に広がる漆黒の雲鬢が、甘い匂いを振りまきながら艶やかに揺れる。

「いやいや。そんなに渚紗を辱めないでくださいっ！」

「ごめんね。あまりにいやらしい眺めに興奮してしまって……。辱めるつもりなんてないのだけど……」

解剖前のカエルのような姿勢が、渚紗のような生娘の羞恥を煽らぬはずがない。

「大丈夫だから。ちゃんとナメナメしてあげるからね」

M字開脚した股間に、その顔を近づけた。指で処女地を傷つける愚は犯したくない。やわらかい舌ならば、初心な女陰でも気持ちよくなれるはず。そう瑛太は判断したのだ。

「ナメナメって、お口でされてしまうのですか？　ダメっ、あっ、ちょっ……ひうっ！　あっ、あはん……」

渚紗の抗議には一切耳を貸さず、瑛太は、女体の濡れ具合をじっくり確かめる。熱くぬかるんだ濡れ肉に舌先をべーと伸ばし、ゆっくりと触れさせると細腰がびくんと慄《ふる》えた。

そよぐ女陰を唇でやさしく啄みつつ舌を淫裂になぞらせる。

慌てたように細腰が、急所を外そうと蠢いた。

「じっとして……。そうしたら、気持ちよくなれるから」

従順に乙姫が、瑛太の指図通り大人しくなる。それを見て取ると、またしても口唇を魅惑の恥裂に運んだ。

「きゃうっ！　あっ、あはぁっ、熱いっ！　あっ、あんっ、ダメです……。子宮に熱が飛び火しちゃいます！」

内ももがキュッと内側に締められ、瑛太の頬を挟み込む。

無垢な花びらがひくひくと蠢いて舌腹にしなだれかかる。内奥から粘度の高い牝粘液がドクンと噴き出した。

舌先が奥に滑り込みそうになるのを危ういところでその位置をずらし、代わりに頼りなく震える羽二重餅のような鶏冠《とさか》を舐めた。

「ほうぅっ!! ああっ、いやん! そ、そこ敏感過ぎです……それ以上……ひうっ……あはあ、な、舐めちゃだめぇ～～っ!」

苦悶とも悦楽とも取れる悩ましい喘ぎと共に、渚紗の背筋がぎゅいんと撓んだ。

想像していた以上の艶めいた反応に、瑛太は、その厚い唇を窄め、またしても肉割れにあてがい、ぬにゅるるるんっと縦方向に弄ってやるのだ。

「いゃあああっ……うふぅっ……うっ、うぅ……あふっく、あっ、あっ、あぁんっ!」

紅唇を噤もうにも次々と性感が破裂するため、立て続けに甘い喘ぎを零している。

「……んふぅっ……ん、んんっ……あっく……あうぅっ、あぁ、あぁん～っ」

細眉を寄せ、切れ長の瞳から涙の雫を零し、せいろで蒸されたように美貌を紅潮させている。否、いまや紅潮はその美貌だけにとどまらず全身を悩ましいピンクに染めあげている。

(ああ、俺にま×こを舐められて、乙姫さまが昇天しようとしている……!)

その妖しい光景だけで、興奮のあまり射精してしまいそうな瑛太。その舌は、淫裂をヌルヌルと浅くなぞり、内奥から染み出す本気汁を汲み取っている。

「あうぅっ、あはぁっ……も、もう、堪忍してくださいっ……お願いです」

「やめて」「ゆるして」と懇願する渚紗に、瑛太は余計に昂ぶっていく。一方で、必死にそれを自制して、女体を悦ばせることに集中している。純粋に、渚紗におんなの歓びを味わわせてやりたい。またここで悦楽を極めておけば、処女喪失もラクになるとまで計算していた。

「ひっ！　だ、ダメですっ、そこ、ああ、そこはぁあああっ！」

舌と唇で女陰を舐め散らかしながら、その指で秘唇の付け根にあるはずの快感の芯を探ったのだ。

ぎゅんと大きく細腰が持ち上がるほどの派手な反応。小豆《あずき》大のしこりを指先に捉えた瞬間だった。

硬く瞑られていた瞳が見ひらかれ、紅唇がわなわなと震える。

ガクガクと痙攣を起こす艶尻に、瑛太は捉えたしこりを逃さぬよう細心の注意を払いながらあやし続ける。

「いいの？　感じる？　ああ、それにしても渚紗のクリちゃん小っちゃ！　硬くさせているくせに、こんな愛らしいなんて……」

慎ましやかな処女乙姫に似つかわしい肉芽を慎重かつ大胆に刺激する。側面に円を描き、くすぐるように指の腹に擦りつけるのだ。

「あっ、あっ、あぁ……瑛太さまぁ……ぁはあっ」

もはや恥じらいも乙姫としての矜持《きょうじ》もかなぐり捨て、大きく艶声をあげながら身悶える渚紗。男性経験はおろか自慰すら経験がないのだろう。湧き起こる喜悦をやり過ごす術《すべ》を知らないようだ。

「あっ、あっ、あはぁ。あああぁ……痺れる、痺れちゃいます……熱い、あぁ、おっぱいも、お腹も……お、おま×こも熱いっ！」

ついには淫語まで吹き零し、感じまくる媚熟乙姫。その妖しい反応に煽られ、破裂せんばかりに勃起した分身がやるせなく疼く。それでも瑛太は、女核責めを止めようとしない。

「や、ダメです……。またそこを……すごく濡れているのに……あっ、あぁぁっ、いやあぁ～～っ！」

抗う声も空しく、瑛太の舌腹がねっとりと女陰を襲い、渚紗は乳房を大きく弾ませながら悲鳴をあげてのけぞった。

「ああん……どうしても恥ずかしい反応ばかりしてしまいます……。瑛太さま……はうぅぅぅっ！　あさましい渚紗の姿にあきれないでくださいね……」

例え処女であるにしても、渚紗の女体は、正常に発育し、成熟に追熟まで重ねている。淫らな責めに反応を示さないほうがおかしい。しかも、恥ずかしければ恥ずかしいほど、快感はいや増すものなのだ。

「いやぁんっ！　渚紗は乙姫なのに、こんなにふしだらに乱れて……あっ、あああああっ！」

渚紗が熱く呼吸するたび二つの大きなふくらみが内緒話でもするように寄り添っては離れる。丘には蕾塔が淫らにそびえ立ち、触れる空気にすら反応している。

蠱惑に満ちた艶乙姫に心から陶酔しながら瑛太は、その処女粘膜を貪った。

「あうううっ、あ、ああん……感じます……。おほおぉっ、え、瑛太さまのお口、恥ずかしすぎるのに……。感じちゃううぅ〜〜っ」

渚紗を上目づかいで覗き見ながら、口をもぐつかせ、舌先で縦溝の浅い部分を舐めまくる。処女膜を舌で突き破らぬよう丁寧に、肉襞の一枚一枚を舌でめくるようにして新鮮媚肉を味わった。

同時に、またしても手指を、花園に秘められた狂悦のスイッチに運ぶ。抗う暇もなく弾かれた渚紗は、布団の上で背筋をエビ状に反らせた。

「ひうん！」

美しい肉のアーチに見惚れる間もなく、濃い潮《しお》がどっと瑛太の口腔に流れ込む。しょっぱさの中に、微妙な甘みを感じられた。

（渚紗のま×こ、いやらしい動き……。処女のクセに、まるで別の生き物みたいだ！）

瑛太が艶尻を抱え込んでも、クナクナと細腰が揺れる。まるで瑛太の口に、女陰を擦りつけるような腰つき。受胎を求めるおんなの本能か、もしくは感じ過ぎてじっとしていられないのか、悩ましくのたうつ。

「ああ、ダメです……もう、我慢できません……。ううっ、もうダメぇえええっ!!」

桜貝を並べたような足爪が、ぎゅぎゅぎゅっと握られたかと思うと、ピーンと真っ直ぐに伸ばされていく。初期絶頂の波に晒されたのだ。

息《いき》む美貌は、真っ赤に染まっている。それでも瑛太は、念入りに、ころころと初心な肉蕾を転がしていく。処女女神を徹底的に狂わせ昇天させるつもりだ。

「あうぅっ！　あっ、あっ、あぁんっ……！　きちゃいます、大きいのが……。いや、怖いっ！」

怯えるような表情で、渚紗が虚空を見据えた。ほつれさせた髪のひと房を扇情的に紅唇に咥え、左右に頤を打ち振っている。

牝蕾を弄られ、女陰にかぶりつかれ、切羽詰った表情が扇情的に強張る。

「ううううっ、イキますっ！　渚紗、瑛太さまのお口でイッてしまうっ！」

すらりとした媚脚が太ももの付け根から足先まで、純白に輝く一線となってピーンと伸ばされた。

「イク、もうっ、ああ、もう、イクぅぅ～～っ……！」

瑛太が女陰をぢゅぶちゅちゅっと強く吸いつけた瞬間だった。

豊かな黒髪がおどろに振られ、神乳がぶるるるるっと迫力たっぷりに揺れまくる。かと思うと、急に糸が切れたように脱力し、強張った美貌も表情を失った。

ぐっと息を詰まらせ全ての動きを止める渚紗。成熟した女体が未経験のまま昇りつめたのだ。

（ああ、あの渚紗さんがイキ貌を晒している……）

多量の汗と淫汁を拭き零し、女体のあちこちをヒクつかせながら狂おしいまでの絶頂に身を晒している。

忘我の縁《ふち》に飛んだ渚紗の意識は、なかなか戻ってこようとしない。瞳を正体なくとろんと潤ませ、半開きの唇からは、荒々しくも甘い吐息を漏らしている。

「渚紗、大丈夫？　……渚紗？」

さすがに心配になり、その美貌を覗き見る。

つんと、ふわふわの頬を突っつくと、ようやく三白眼がこちらを向いた。

6

「もうっ。瑛太さまのバカ、バカぁっ……。ダメって言っているのに、こんなに渚紗に恥ずかしい想いを……」

しばらくの間、絶頂の余韻に漂っていた渚紗。ようやく息が整うと、急に恥ずかしさが募ったらしく可愛らしく瑛太を詰《なじ》る。けれど、そこには、すでに情を交わしたような、甘えと媚が含まれている。

「渚紗が欲しい……。渚紗とひとつになりたい。渚紗の膣中《なか》に挿《い》入れたいんだ。いいよね？」

瑛太は、猛り狂う欲情を持て余し、半ば切迫感を漂わせて求愛した。

ハッとした表情を一瞬見せた渚紗も、双の掌を祈るように胸元で重ね合わせ、蕩けんばかりの表情に変化させている。

「ごめんなさい。渚紗ばかり……。瑛太さま、お辛そう……。どうか渚紗を抱いてください……。渚紗も瑛太さまとひとつになりたいです……」

慈《いつく》しみの込められた眼差しを向け媚熟乙姫が、瑛太を求めてくれた。

その豊麗な女体に瑛太がにじり寄ると、何を思ったのか渚紗は、クルリとその向きを変え、四つん這いになった。

「渚紗……？」

どうやら乙姫は後背位からの挿入を求めているらしい。

(渚紗ははじめてだから何か勘違いをしているのか。それとも竜宮では獣のように交わるのが当たり前なのかな……？)

もちろん瑛太とて、渚紗を後背位で貫くことに異存はない。むしろ処女乙姫を相手に獣欲を満たすのも悪くはないように思える。

「どうしたのですか？　どうぞ渚紗を瑛太さまのものに……」

婀娜っぽい媚尻を後ろに高く突き出し、なかなか来ない瑛太を誘惑してくれる渚紗は、やはり年上のおんなだ。

一度イキ恥をかいたが故に、かえって大胆になれるものなのかもしれない。

「それじゃあ、渚紗。挿入《い》れるよ！」

瑛太が乙姫の背後に取り付くと、女体がびくんと怖気《おじけ》づく。それでも渚紗は四つん這いのまま、瑛太が挿し入れるのをじっと待ってくれている。

「渚紗のどこにこれがぶちこまれるのか、言って……」

コーラルピンクの秘口に切っ先を近づけながら瑛太が淫語を求めると、真っ赤に染められた美貌がこちら向きとなり、ぽってりとした紅唇が艶めかしく開かれた。

「渚紗のおま×こ、いやらしいおま×こに瑛太さまのおち×ちんがぶちこまれます」

「うん。そうだね。処女ま×こでもイケるよう、たっぷりと擦ってあげるから、俺のち×ぽをしっかりと覚えるのだよ」

相手が高貴な乙姫だからこそ、二人きりの閨《ねや》では服従させたい。男の強さを見せつけ渚紗を蹂躙したい。もちろん、乙姫が愛おしいからやさしさは忘れぬつもりだ。

渦巻く熱い気持ちを胸に瑛太は、花唇に肉刀の先端を正しい位置と角度で当てた。

「それじゃあ、渚紗のま×こに……う、ああぁっ、す、すごいっ！」

太柱を挿入しようと、とば口に密着させるや否や、それだけで凄まじい衝撃が背筋を走った。やせ我慢の過ぎた勃起が、やるせないほど敏感になっていたのだ。

（うわっ、ま、まずい。こんなだと、早撃ちしてしまうかも……）

ただでさえ早漏気味だというのに、ここまで昂ぶっていて大丈夫かと危惧する。けれど、さんざめく性感に躊躇いはしたものの最早抑えなど利《き》かない。熱くとろけきった膣道に突っ込みたくて仕方ないのだ。

「ああん、あ、あああ～～っ！」

渚紗の方も待ちきれずにいるらしく、膣襞をうねるようにざわめかせ、泣き声を溢れさせている。ただでさえ発情期にある上に、女体は一度イキ極めて火が付いたままだから牡肉を味わう以外、鎮められないのだろう。

「ちょ、ちょっと待って。いま渚紗の愛液をち×ぽに塗り付けているから……」

言い訳しながら充血を見せる肉びらをなおも先端で擦り、燃えたぎる秘口を小突いてやる。それだけで渚紗は焦れったそうにのた打った。

「あん、いやらしく焦らさないでください。どうか渚紗にお情けを……。ああ、またおま×こが熱くなって、早く挿《い》れて欲しいと痺れています！」

高熱に浮かされているかのように渚紗が、火を噴かんばかりの赤い顔で訴える。

（だめだっ。我慢できない！　渚紗の膣内《なか》に挿入したい……！）

暴発する欲求に、ままよとばかりに瑛太は腰を押し出した。

左右に婀娜っぽく張り出した安産型のお尻に手をあてがい、ぐいっと肉柱を突き立てる。肉孔に先端が埋まりはじめるだけで、甘い快感電流がすぐさま全身に押し寄せた。

「痛いかもしれないけど、我慢して……。力まない方が、痛くないそうだよ……」

小さな頭が従順に縦に動く。

身構える美しい媚尻をうっとりと撫でまわしながら、瑛太はゆっくり腰を進める。

「あううっ……っく、はぐうううう……」

正しく先端が、熱く潤った肉壺に沈みゆく手応え。焦らず、慎重に押し進めると、ぬぷんとカリ首が呑みこまれる。

恐らく渚紗は、二つに引き裂かれるような鋭い痛みに襲われているはず。華奢な小指が白くなるほど、シーツをぎっちり握っている。

みりみりっと破瓜《はか》の衝撃が切っ先にも及ぶ。

「くふぅ……んっ、んんんっ……はうっ……あはぁ〜〜っ」

ぷっつと肉膜を突き破ると、必死で噤まれていた紅唇が、こらえきれず苦しげな呻きを漏らした。

「痛いの？　大丈夫か？」

懸命に堪えている渚紗を、さすがに瑛太は慮らずにいられない。

「だ、大丈夫です……続けてください」

健気に促してはくれるが、瑛太もそれ以上押し入ろうとしなかった。無用な痛みを与えないようにとの瑛太なりのやさしさなのだ。

「本当に大丈夫です……。だ、だって、大好きな瑛太さまとひとつになれるのですもの……。だから、ちゃんとして欲しいのです」

処女を奪って欲しい。瑛太のおんなとして染まりたい。その健気な思いからか渚紗自らが、細腰を押し付けようとさえしている。ぢゅちゅっという濡れ音と共に、勃起がまた少し女陰にめり込み、紅唇から苦痛の呻きを漏らさせた。

「ねえ、力を抜いてごらん。さっきのリラ～ックス。そんなに息むと辛いはず。口で、ゆっくりと深呼吸して……そう……ほらお腹も緩めて……」

従順な媚熟乙姫が瑛太に促され、詰めていた息をふぅっと吐き出す。

「何も考えずにただ大きく息を吸って……。吐いて……。うん。それを繰り返して。ほかのこと何も考えちゃダメだよ。ただ息だけをして……」

その通りに呼吸していると、頭がボーっとしてくる。脳の活動が鈍《にぶ》り、眠くなるのだ。合気道を教わった時に学んだ、うろ覚えの呼吸法だが、ヨガや催眠などにも近いのかもしれない。

ほわほわっとして羽毛に包まれたような状態。ただしあわせな心持ちに、痛みも和らいでいく。

渚紗も同様の感覚を受けたらしい。

しばらくすると「もう大丈夫です」と健気に再開を促してくれた。

「そう？　じゃあ、あともう少しだから。もう少しで、全部挿入《はい》るからね」

お腹が緩んだのを見計らい、再び瑛太の挿入がはじまった。狭隘な膣肉の抵抗をモノともせずに、じわじわと肉塊を埋没させていく。

「あぁ……ううんっ……はむぅうう……ふぅっ、はぅううぅ」

極細の鞘《さや》に、サイズ違いの蛮刀を収めるようなものだ。それでいて媚肉はぬるりと滑っていて、想像以上に柔軟に拡《ひろ》がってくれる。

「ものすごくきつい……。ああ、なのに、すっごくやわらかい……。つるんと包まれる感じだ！」

うねる媚肉には、キツキツの抵抗感があるものの先ほどよりもスムーズに感じる。

それでも異物による充溢感が甚《はなは》だしいのであろう。なおも渚紗は、お腹を緩めるように息をゆっくりと吐きだし、瑛太の分身を受け入れようと苦心している。

「ふ、太い……。ああ、瑛太さまぁ……内側から拡げられていきます……ほふぅ……はふぅ……それにとっても熱くて硬い……」

女体からしとどに脂汗が噴き出している。あまりに多量の発汗で、瑞々しい肌が妖しく光る。ただでさえオイルを塗ったようなツル肌が、さらに油を塗ったゆで卵さながらに、全身びしょ濡れになっていた。

「うおあっ……な、渚紗っ……また息んでいるよ。そんなに息を詰めないで。処女ま×こ、きつすぎる。ほら、もっと力を抜いてくれなくちゃ先に進めないよ」

「ま、待ってください……ハァ、ハァ……こ、こうですか……？」

無意識に溜め込んでしまう息を、乙姫がか細く吐き出していく。お腹の緊張を緩ませ、引き絞る菊座からも力が抜けるのを感じた。

「うん。いいよっ。きつきつのま×こが、少し開いた」

一呼吸置いてから、もどかしいほどゆっくりと挿入をさせていく。

(それにしても、なんていいま×こだろう。締め付け具合も、ぬめり具合も、全てが一級品だ！)

ともすれば真っ白になりがちな頭を振って、瑛太は新鮮な弾力にみちた肉畝《にくうね》をズブズブ切り崩す快感を味わった。

媚尻をつかまえる手を、ぐいっと引きつけたのは、恥骨と尻肉が、べったりと密着する数瞬前。ついに勃起の埋め込みが全てなされたのだ。

「全部、挿入《い》れたよ……。大丈夫？　まだ痛い？」

やさしく気遣う瑛太に、トロトロに蕩けた表情がこちらを向いて左右に振られた。

「少しだけ……でも、平気です。それよりも、お腹の中に瑛太さまがあると感じられて、しあわせです」

切れ長の目が色っぽく細められ、瑛太の様子を探っている。互いの眼差しがぶつかると、照れたようにはにかみながらも、しあわせそうな微笑を見せてくれた。

「そうだよっ。俺と渚紗は、一つになれたのだよ」

二人の昂ぶる気持ちが同調した。瑛太が渚紗の背筋に覆いかぶさるように上体を折り曲げると、互いに唇を求めあい激しく貪りあった。

「にちゅちゅっ……うふん……ぶちゅちゅ……ほふうっ……ぢゅるちゅちゅっ！」

破瓜の痛みも忘れたかのように渚紗も熱烈に口づけを返してくれる。

「はふぅ……お腹いっぱいに瑛太さまがあります……。いまにも、裂けてしまいそうですけど……この感覚、おち×ちんに満たされて……あはぁ、カラダの奥から淫らな痺れが……」

押し寄せる多幸感と充溢感が、異物感を快楽の疼きへと変換するのだろう。精錬した鉄柱のような灼熱勃起に胎内を灼《や》かれ、性悦を覚えたばかりの女体が火照りだしたようだ。

「気持ちいいよ。渚紗……。滑るような肌にくっついているだけで興奮しちゃう!!」

昂ぶる欲求をぶつけるように、瑛太は背後から回した手で、その大きな乳房を鷲掴みにした。

ボリュームたっぷりの汗ばんだふくらみを掌で潰すと、スライムのような手触りがまとわりつくようにひしゃげながら心地よく反発する。

「ああ、渚紗、渚紗っ！」

乳膚が指の間からひり出されるほど絞り、掌底に乳首を擦れさせる。

「はんっ……そ、そんな……おっぱいっ……そんなふうに揉まれると……また……乱れてしまいます。ああん、乳首……やぁ……そんなに潰しちゃ……ダメですぅ」

初々しさを残しつつも熟れた肉体は、他愛もなく瑛太に馴染《なじ》み、おんなを開花させていく。

たまらず渚紗が女体をくねらせると、貫いた勃起が膣内に擦れた。

「きゃううぅっ！　あっ、あはぁ……」

瑛太を瞬殺するほどの妖しい牝啼き。遠ざかりつつある痛みに代わり、信じられないほどの愉悦電流が女陰から湧き出したようだ。

「あっ……あぁあんっ……いやあんっ……乳首、押し込んじゃ、ダメですっ！」

むっくりと水牛の角のように持ちあげた乳首を、人差し指の腹にぐりぐりぐりっと乳肉の中へと押し込んでやる。ぶるるっと艶めかしい喜悦反応を起こす女体に、瑛太の性感も相応に巻き込まれた。

「ひうんっ……よ、よじるのもダメですっ……うふうんっ……ああでも、おっぱい揉むの、やめないでください……ああ、お願い、もっとして欲しい……」

初めて男の手に揉みほぐされる乳房。そのやわらかさとは対照的に、きゅっと締まって皺を寄せる乳輪。乳首は滴る汗に濡れて、黄金色に輝くよう。女体のどこもかしこもが視覚的にも、感覚的にも瑛太を刺激してやまない。

「あうん……ああ、瑛太さまぁ……どうしましょう……渚紗、さっきよりも乱れてしまいそうです……。奥の方がどんどん熱く火照って……」

その言葉通り、ろくに動かしてもいないのに内奥からじくじくと牝汁を溢れさせている。それも粘度の強い本気汁であるらしく、溢れた蜜液が牡幹からしわ袋を伝わり、まるで納豆のようにねっとりと糸を引いて滴り落ち、淫靡にシーツを濡らしている。

破瓜による出血は、すっかり収まっているようだ。

「だったら、もうそろそろ動かしても大丈夫？　大分、勃起に馴染んできたみたいだし……。情けないけど、そろそろ限界。だって渚紗のま×こが具合よすぎるから」

「いいですよ。来てくださいっ！　渚紗も動かして欲しいです……」

許しが出たのをいいことに、瑛太は腰部をゆっくりと揺さぶった。

悦楽の出入口に極太の分身をズルズルと小刻みに抽送させていく。やわらかな尻朶が、嫋《たお》やかに律動を受け止めてくれる。

前屈みに変形した釣鐘状の乳房が、重たげに前後に波打っている。

「うっ……あううっ、瑛太さま……ああ、すごい！」

とろとろに練れた膣肉がねっとりと肉幹に絡みついている。狭隘と感じていた媚肉は、いまやすっかり瑛太の勃起に馴染み、その長い肉襞をまとわりつけて舐めくすぐってくる。極上の締まりに穏やかに擦りつけているだけでも、陶酔と忘我の縁に追い込まれてしまう。

「渚紗もすごいよ！　暖かくて、きつきつで、蠢きも凄い……！」

貫かれるたび渚紗は、肉感的な女体をぐんと反らして身悶える。

すでに一度気をやっているためか、女体はすぐに燃え盛り、押し寄せる悦楽に身を焦がしている。

「ああ、あ、んんっ、また渚紗、乱れてしまいます。はじめてなのにイキそうだなんて、本当に渚紗はふしだらですね……」

奔放によがり啼きする乙姫は、本気で自らの乱れようを恥じているようだ。にもかかわらず、穏やかに瑛太に牝肉をほじられるばかりでも、獣めいた牝啼きが零れるのを禁じ得ずにいる。

「いいよ。いやらしく悶えまくる渚紗、俺は大好きだよ！」

体を前のめりに倒し、耳元で囁きながら瑛太は、またしてもたわわなふくらみを手指で蹂躙していく。

蕩ける乳肌が指と指の隙間をにゅるるんとスライムの如く埋め尽くすのが愉しい。興奮に尖りきった乳首が、掌底にコリコリと擦れた。

「あうん、ああ、おっぱい……。好きなだけ揉んでください……あはぁ……。いいです、渚紗、おっぱい、いいのぉっ！」

甘ったるく鼻にかかった声が、瑛太の脳みそをかきまわす。

媚熟乙姫が望む通り、雪白の乳房を揉みころがしては、しきりに腰を捏ねまわし浅瀬の急所をぐりぐりと踏み荒らした。

「あっ、あっ、そこいやん！　し、痺れてしまいます……。ああん、ああ、そこ、たまらなくなってしまうのぉ～～っ！」

　白い背筋がびくびくんと艶めかしい痙攣を繰り返している。幾度も小さなアクメが押し寄せているらしく、どこもかしこもがひと時もじっとしていない。

　快感に溺れるにつれ、女体の構造も着々と変化を遂げている。

　はじめのうちは入り口ばかりの喰い締めが際立っていたが、徐々にねっとりほぐれて、今では中ほどでも甘美な巻き締めを示すようになっている。さらにストロークを繰り返すほど、ますます分身に馴染んでいき、蜜壷全体が快美な淫具と化すのだ。

「あはぁ、またイキそうです……。お願いです。イカせてください。ふしだらでも構いません。瑛太さまのおち×ちんで恥をかかせてください……ああ、瑛太さま、激しくぅっ……!!」

　繰り返される浅突きにもどかしさが募ったのか、渚紗がこちらに首を捻じ曲げて淫らなおねだりをした。冴えた美貌にべっとり脂汗を浮かべている。

　八合目まで昇ったところでお預けを食わされているような、しかもいやらしい肉ずれの音だけがヌチャヌチャと結合部から響いているから、おんなにとっては拷問に近いものかもしれない。

「うん。判った。激しくするね。その代わり、俺ももう持たないから子宮で子胤を受け止めるのだよ！」

天にも昇る気分でうっとりと瑛太は言った。ズキンズキンと疼く肉茎は、早く乙姫に種付けしたいとさんざめいている。

「ください。渚紗の子宮に！　瑛太さんの赤ちゃん、渚紗が孕んでみせますから……」

その言葉を聞いた途端、もう止まらなかった。瑛太は熱く雄叫びをあげ、狂ったように腰を振り立てた。

腹筋に力を込めて力強く一突き、二突き、さらにぢゅぷん、ぢゅぷん、ぬぷぬぷんと抽送を加えていく。途端に渚紗が甲高くも濃艶な牝啼きをふりまく。凄まじいほどの昂ぶりと性感に蹂躙され、身も世もなくよがり狂うのだ。

「ああ、渚紗。なぎさぁ～～っ!!」

「あん、あん、あん……いいです……。渚紗、おま×こ気持ちいいっ……。イクっ、イクっ、おま×こ、イクぅ～～っ！」

やるせない思いに焦がれていた肉襞を打ち抜かれ、艶熟乙姫も呼吸を合わせて腰をうねらせている。

「う……あううっ、ああ、またイクぅ、あ、あああああぁぁんっ！」

女っぽくムッチリと熟れさせた腰部を息ませ、卑猥な腰つきを留めることなく、一凄まじい興奮に、瑛太の快感も頂点に達した。

「ぐおおおっ、射精《で》るよっ！　俺も射精《イ》くっ！」

膣襞の熱い吸着で肉幹をしごかれ、瑛太の快感も頂点に達した。凄まじい興奮に、その身をのたうたせ、訳の判らない呻きをまき散らしながら大量の白濁で渚紗の秘宮を溢れさせていく。

「ぐおおう、ぐふうっ、おおうっ、まだ射精《で》るっ」

ぐっと菊座を絞り、さらに勢いよく二度、三度と牡汁を噴きあげる。

子宮に精液を浴びた白い背筋が、悩ましくも艶やかにエビ反った。ぐびりぐびりと、子宮口が白濁液を呑み干していくのが判る。

見目麗しい乙姫を絶頂に追いやり、種付けする満足。おんなを征服した男の矜持が胸いっぱいに広がっている。

ぞくぞくぞくっと背筋を走る悦びに、瑛太は軽く身を反らせた。思いきり息み、淫楽の最後の一滴までを心置きなく渚紗の子宮口に注いだ。

終章　後日譚

「うわあつ、そんなに気持ちいいの？　太もも、そんなにもじもじさせると、おち×ちんまで一緒に捩《よじ》れちゃうよぉ！」

気色いい快感に瑛太は白目を剝いて呻いた。つい先日まで処女であった渚紗の女陰は、相変わらずの締まりのよさで、まだ余力があると思っていた勃起が、一気にやるせなさを訴える。

「ぐはあ。だ、だめだっ……限界っ！　ねえ、渚紗、う、動かしてよ！」

「は、はい。判りました。動かしますね。渚紗のおま×こは瑛太さまのものです。どうぞ、いっぱい気持ちよくなってください……」

言いながら渚紗の蜂腰が、前後にスライドをはじめる。

今日も褥の上で、瑛太は対面座位で媚熟乙姫を貫いていた。

「つく……」

勃起に襞を擦りつけ、思わず渚紗が呻いた。収まりかけていた性悦がぶり返したらしい。

初めてまぐわった日から、もう一週間も瑛太と渚紗は、この褥に籠り続けている。どれほど抱いても瑛太は渚紗の肉体に飽きることがなく、渚紗の発情も収まるところを知らない。

相性がいいとは、こういうことをいうのだろう。

抱けば抱くだけ歓びが増し、愛しさが込み上げる。

渚紗も奔放に悦楽を謳いあげ、何度でも瑛太を受け入れてくれる。

あまりに長く籠りっぱなしでいる二人を心配し、彩音と莉奈が様子を覗きに来たほどだ。その二人まで巻き込んで、四人は性悦に溺れた。

三人の媚姫を並べ背後から犯したり、彩音や莉奈にも渚紗を愛撫させたりと背徳の限りを尽くしている。

それでも役割をわきまえている瑛太は、必ず射精は渚紗の膣中《なか》と決めている。

どんなに彩音が食い締めても、莉奈が啜り泣きに射精を乞うても、瑛太は必ず渚紗のヴァギナにのみ種付けしている。

そうすることで彩音と莉奈が、瑛太に本気になっていくことを肉柱で悟るのだ。

「もうすぐ夜が明けます……。ねえ、瑛太さま。どうしても出社なさいますの？」

肉棒にみっしり貫かれながら渚紗が瑛太に翻意《ほんい》を促す。

年上の新妻が甘えながら翻意させようとする姿に、瑛太の心臓がきゅんと鳴った。

「うん。だってこのままでは、会社を首になってしまうよ。いくら莉奈さんがフォローしてくれていても、もう二日も会社に出ていない計算になるし……」

頭の中で外界との時差を計算することで、瑛太は込み上げる射精衝動を紛らわせている。

竜宮での瑛太は、乙姫のパートナーとして敬《うやま》われ、下にも置かぬ待遇を受けている。

このまま竜宮で愉しく暮らすのも、ありと言えばありだ。

天涯孤独の身の上だけに、このまま社会から孤立してしまっても問題はない。

だが、だからといって、渚紗の女紐《ヒモ》のように生きるのだけは御免だった。

きちんと自立した上で、彼女と対等でいたいのだ。

そのためには、会社を首になるわけにはいかない。それが瑛太の結論だ。

「判りました。けれど、必ず玉手箱は忘れずに持って出てくださいね。あれは、ここに戻るためのカギのようなものですから……」

「大丈夫。判っているよ。でも、あれ、意外と大きいから、邪魔になりそうだよね。

もう少し何とかならないの？　それに外界では開けちゃダメってさあ……」

もちろん、瑛太は玉手箱を開ける気などさらさらない。

迂闊に開けて、爺さんにでもなってしまったら、それこそ二度と渚紗をこんなふうに抱けなくなってしまう。

「玉手箱とは、魂の入れ物なのです。あの中に浦島太郎さまの魂を忍ばせておかなければ、竜宮であっという間に歳を取ってしまいました。けれど、魂と離れては、人は生きていけません。だからかつての乙姫様は太郎さまに玉手箱を持たせたのです」

再び結界を通り抜け竜宮に戻るためにも、玉手箱に魂をしまっておく必要があるらしい。

「ところが太郎さまは、地上では百年も経っていたことに驚いて……」

悲しそうに目を伏せる渚紗の言葉の後を瑛太が引き取った。

「パニックになった太郎さんは、玉手箱を開けてしまった……。我が身に何が起きたのか書かれたものでも入っていると思ったのかもなあ……。ところが外界の空気にさらされた魂は、即座に太郎さんの体内に戻ろうと……」

百年が過ぎていようと魂が抜け落ちていれば歳を取らない。けれど、魂が肉体に戻れば、立ちどころに実年齢に肉体も戻る、ということらしい。

理屈は判っても、いまひとつ瑛太には腑に落ちていない。

「まあ、そうなってしまうってことだけは覚えておくけど、今回の場合さあ……。地上に作られた異界と外界の時間の差ってそれほどでもなくて、どうして玉手箱が必要なのだか……」

異界に戻るカギが玉手箱と聞いていても、そこの理屈が理解できないのだ。

「うふん……あっ、ああ……。ですから、それは……つく……。玉手箱とは、本来おんなの化粧道具をしまう箱で、それを愛しい殿方に預けるということは、身も心も預けるという証し……ああん……そ、それがあるから異界への扉が開かれるのです」

渚紗の膣中《なか》に挿入したままで焦れてきた瑛太が、ぐいと腰を捏ねながら聞いているから艶姫の説明には喘ぎが混じる。

「ああ、そういうことか……。つまり、渚紗の愛が込められた通行手形ってわけか。なるほどねぇ……」

初めてここに来たときは、玉手箱がなくとも莉奈が傍らにいてくれたから通過することができたらしい。

感心しながら瑛太は、またも腰を捏ねさせる。

柔軟に広がった膣肉が、必死にすがりついてくる。渚紗の複雑な内部構造は、うねりが強い上に、発達した柔襞がびっしりと連なっている。その肉襞がわななくように蠢動《しゅんどう》し、肉塊をくすぐったり、締めつけたりを繰り返すのだ。

「ぐふぅ。やっぱ、いいっ！　渚紗のま×こ最高に気持ちいい……。こんなだから会社に行きたくなくなるんだ……、ああ、だけど、ずっと渚紗を愛していたいからこそ俺は会社にもいかなくちゃ……」

ただでさえ飽和状態にあった射精本能が、一段と急き立てられた。たまらずに蜂腰を腕の力で持ち上げるようにして、媚膣から勃起を引き抜く。反転、遠のかせた肉根を重力に任せて、ズブズブンッと戻してやる。

「あああぁぁぁん！」

「締まるっ……うはぁっ！　ものすごく締まるよ。襞の感触が、ち×ぽにはっきり伝わる……やっぱり渚紗のま×こ最高だ!!」

歯を食いしばりながら、ゆったりとした腰振りを送る。対面座位のスローセックスは渚紗を愛《め》でるように、媚肉の細部まで堪能していく。

この体位であれば、律動が大きくならない分、早漏気味の瑛太でも長く保つことができる。

正直、自分でもよく判らないのは、早漏を克服できたのか、できていないのかだ。

挿入して五分と持たずに、あえなく果てることもあるが、そんな時でも愛しい相手をきっちりイキ極めさせることは出来ている。

渚紗たちのようなすこぶるつきの名器を相手に、我ながらずいぶん頑張れるようになったと思う。意識を他に飛ばすコツのようなものを掴んできていたので、その成果が表れているのだろうか。

（でも、それだけじゃないよな……。渚紗が敏感過ぎなんじゃないのかなあ……？彩音さんや莉奈さんもさあ……）

竜宮の美女たちが、瑛太にその肌を弄ばれ過ぎて、敏感過ぎるほど感度を高めているのは事実のようだ。

けれど、それ以上に例の時間の流れが影響しているらしいのだ。

異界と外界の時の流れが逆に転じたため、彼女たちの神経を伝達するシナプスも速度を増し、結果、知覚過敏といえるほど性神経が過剰に働くらしい。

お陰で竜宮では、瑛太は遅漏気味と思えるほどの鉄の男でいられる。

「あぁ、ああんっ……な、渚紗は……瑛太さまとこうして長く一つでいられるのがうれしい……。はうん……お腹いっぱいにしあわせが……」

渚紗のスラストだけでは物足りない分の欲情を、豊かな乳房にぶつける。鷲掴み、揉みしだき、強く揺さぶっても、このふくらみならば全て受け止めてくれる。

いつの間にか彩音と莉奈は褥を辞退して、またふたりは静かな空間で漂うように肌を重ねていた。

「渚紗が孕むまでいくらでも射精するよ。あれ？　だけど、渚紗の発情期が終わったら俺とはどうなってしまうの？」

迂闊にも考えてもみなかった疑問。渚紗を失う恐怖を覚え一気に戦慄した。

「俺、いやだからね！　渚紗と離れるなんて耐えられるはずがない……！」

真剣に言い募る瑛太に、渚紗は慈悲深くも穏やかな笑みで包み込んでくれた。

「うれしいです。そんな風におっしゃっていただいて。そのお言葉だけで渚紗はしあわせです……。うふふ。でも、安心してください。乙姫の発情期とは、子を孕むための時期という意味で、発情期を過ぎてもおんなであることに変わりありません。もちろん、性欲も……」

はにかむような、恥じらっているような、何とも言えない表情を浮かべながら渚紗が瑛太にそっと口づけをくれた。

「なんだ。そうかあ……。ああ、ビビったぁ……。また一人ぼっちになってしまうのかと……。でもよかった。だったら、絶対に渚紗には孕んでもらわなくちゃ！」

本気で安堵した瑛太は、渚紗の媚麗な女体を腕に抱きながら、その背筋をそっとシーツの上に着地させていく。

渚紗を孕ませるためにと、ぐいっとその美脚を持ち上げ、女体を二つ折りに畳んでしまった。

「あん。瑛太さまぁ……」

すらりとした脚が渚紗の美貌の横にまでくるほどの屈曲位。この体位であれば、短めの瑛太の分身であっても奥深くまで埋め込むことができる。

「渚紗、少し激しくするよ。苦しいかもしれないけど孕ませるために許してね」

そう宣言すると瑛太は、その体を押し被せるようにして膣奥にまで肉柱を埋め込んだ。

「あっ、ああっ……。と、届いています……。瑛太さまのおち×ちんが、渚紗の奥深くまで……あはん、子宮に擦れて切ないです……」

かつてない奥深くで媚膣を掻きまわすうち、多量の愛液が尻朶や太もも、裏門のあたりまで、しとどに穢《よご》していく。

それを恥ずかしいと思う余裕も、今の渚紗にはないらしい。苦しい体勢ながら奥を抉られる体位で、未知の快感に絶え間なく襲われているからだ。その証拠に媚熟乙姫の紅唇からは、明らかに悦楽を訴える短い喘ぎが、次々に漏れだしていた。

「どう？　気持ちいい？　ち×ぽが、出たり入ったりしているのが判るでしょう？」

膣内に収めたまま、ぐっと菊座を絞り、肉勃起を跳ね上げても、贅肉のないお腹は、見た目も変わらずに平らなままだ。この中に、自分の極太が刺さっていることが、とても信じられない。

「あうん……お腹の中で瑛太さまが跳ねました……。赤ちゃんが胎内で動くのってこんななのでしょうか……ああ、熱い、お腹が熱くて仕方ありません……」

赤ちゃんを意識したせいで、より子宮が活性化したのか、複雑な膣肉がうねうねっと蠢動した。膣肉がキュンと窄まり、たまらなく瑛太を締めつけてくる。

「あふ……ううん……」

「うあっ。すごいよ渚紗、中で蠢いてる！　精子を絞り取ろうとするみたいっ!!」

もちろん瑛太にも相応以上の官能が訪れている。

付け根まで呑み込ませた上に、子宮口を鈴口で擦る手応えに、いつになく興奮をそそられた。

汗ばむ女体を肉竿で突くたび、妖しく濡れる肉襞に、ぐちゅりと絡め取られるのだ。

収縮する蜜孔は、坩堝《るつぼ》の如く灼熱を湛《たた》え、瑛太の血液を沸騰させた。

「うぐあああっ、渚紗！　また射精《で》ちゃいそうだっ！」

じりじりするような焦燥感に負け、瑛太は抜け落ちるギリギリまで退き、ずぶずぶずぶんっと一気に、肉竿を埋め込んだ。

「あはぁぁあああああああっ！」

今度の突き入れは、これまでと違い遠慮がない。すっかり瑛太を覚え込んだ媚肉なれば、激しい抜き挿しにも耐えられると判断したのだ。

比例して瑛太の得られる悦楽も大きい。裏筋の根元まで全て呑み込ませたからだ。

「ほううぅっ……ふ、深いっ……奥を突かれていますぅ。ああん、渚紗の子宮、もうダメになってしまいそう……」

目元をつやつやのリンゴさながらに上気させ、可憐な上目づかいも、一途に瑛太をじっと見つめている。それでいて切れ長の三白眼は、トロトロに潤み蕩けてほとんど焦点を失っている。ふっくら艶めく紅唇を半ば開かせながら、情感たっぷりにわななかせていた。

（ああ、渚紗、俺の乙姫さま……なんて、いやらしい顔でよがるんだ……！）

瑛太の魂を抜き取る可憐なまでの妖艶さ。激しく胸を疼かせ、瑛太は美貌に唇を寄せた。秀《ひい》でた額、やさしい頬の稜線、ほっそりとした顎、美貌のいたるところに口づけする。同時に、瑛太は両腕で渚紗の足首を摑まえて、腰だけを慌ただしく振りはじめた。

ぐぢゃ、ぢゅぽっ、ぬぷっ、ぢゅぶちゅちゅと、激情に負けた瑛太の腰つきは外連《けれん》味《み》なく、肉竿のぎりぎりいっぱいにひり出されては牝穴を突きまくる。

「あっ、あんっ、ああっ……ん、んんっ、ふむぅっ……ほううっ……あっ、あぁん！」

抜き挿しのたび、持ち上げられた媚尻がぶるんぶるんと激しく揺れまくる。

「ああ、射精《だ》してください。渚紗の子宮に瑛太さまのお情けをっ！」

古風な言い回しで促しながら渚紗はしあわせに浸っている。愛しい人が、子宮にぶつかり果てようとしているのだ。美麗な女体を発情色に染めあげ、乳暈から先を硬く尖りきらせ、全身全霊で愛する瑛太を誘惑している。

「ぬおおおッ！」

獣のような唸りをあげ、膣内で勃起をさらに膨らませ射精態勢を整えた。

艶めいた女体が、ぐいと背筋を持ち上がらせる。彼女も絶頂に到達したのかもしれない。事実、肉のあちこちが引き攣れ、痙攣を起こしている。

「はあぁ、瑛太さま、射精《だ》してくださいっ……渚紗の中に、子宮に欲しいのっ！」

精液の射ち出しを促すように、濡れ襞が勃起をきつく締めつけた。

「ぐうああっ、渚紗ぁぁっ!!」

立て続けに三度の深い抉りこみの果て、ついに瑛太は天を仰いだ。

「射精《で》る、射精《で》るっ！　射精《で》るぅっ！」

ドドッと熱い濁液を膣奥に叩きつける。

じゅわ、ぢゅわわぁっと胎内いっぱいに広がって、肉襞の一枚一枚にまでねっとりとまとわりつける。

「あうっ！　瑛太さまが……また渚紗の膣中《なか》に射精《だ》してるう！」

なおも瑛太は尻を跳ね、濁液を吐く肉棒を膣奥で踊らせた。

「ふうううっ、ほふうう！　ほおおおっ……あん、あん、あんんんんっ〜〜!?」

胎内でびくんびくんと跳ね上げる肉勃起は、射精してなお、おんなの歓びを与え続ける。萎《しぼ》んでいく男性器をひくつく肉襞が、精いっぱいの愛情で包んでくれた。

ようやく放出を終えた瑛太は、満足げな溜め息と共に渚紗の横に転がった。

「ああ、零れちゃう……」

こぽこぽと精液が蜜壺から零れ出るのを知覚して、渚紗が残念そうにつぶやいた。

「またすぐに、注いであげるよ」

肉感的な女体を抱き寄せると、うれしそうに乙姫が太ももを絡めてきた。

異界の冷えた空気が、汗ばむ体に心地いい。

（渚紗、孕んでくれたかなあ？　まだかなあ……。それでもいいや。渚紗が相手なら何度でもできる！）

種族を超えた受胎には、何度もトライする必要があるらしい。

精力だけには自信のある瑛太だから覚悟を決めている。

例え、渚紗が人間でなかろうと、人魚の類《たぐい》であったとしても、これほどまでに美しい女性と一緒になるなら本望だ。

浦島太郎も同じ心境だったのだろうと瑛太は思う。

もうここには情けないB太はいない。三人の極上美女たちに愛されるA太がいるばかり。

「あはぁ、瑛太さま……。セックスとは、こんなに多様なものなのですね」

後背位の交わりしか知らなかった乙姫を正常位で抱き、屈曲位で抱き、対面座位でも抱いている。そのたびに射精しても瑛太の性欲は尽きることがない。

夜が明け、そろそろ出社の準備をしなくてはと思うものの、またしても発情しきった渚紗を背面騎乗位で跨らせている。

「あんっ、あ、ああ、自分で動かすなんて、ああ、渚紗、いやらしいですね」

浅瀬のGスポットに亀頭部が当たるよう、渚紗は自ら悩ましく腰を揺すらせている。

背後からその豊かな乳房をしきりに揉み搾る瑛太。

短く野太い、ジャガイモを思わせる勃起が時折、にゅぽんと淫らに抜けるのを渚紗はひどく恥ずかしがりながら、率先してまた迎え入れてくれる。

「あん。イクっ。渚紗、またイッてしまいます……。恥ずかしいのに、あさましい腰つきを止められません……あはぁぁ〜〜っ！」

膣中性感に執拗に擦りつけ、淫らがましくイキ極める渚紗。女体の激しい痙攣に、またしてもきゅぽんと勃起が抜け落ちると、まるで栓が抜けたかのように勢いよく渚紗が多量の潮を吹いた。

「いやあ……。瑛太さまぁ……はしたない渚紗を見ないでください……」

ひどく恥じいる媚熟乙姫は、その実マゾ気質であるらしく、恥ずかしければ、恥ずかしいほど、より深い悦楽が得られるらしい。

「そんなことを言って……。淫らな渚紗は、見られることを意識しているのでしょう？　本当にエロい姫様なんだね」

瑛太は言葉でも渚紗を辱め、その被虐を煽る。

清楚な乙姫でありながらマゾであるギャップに、瑛太はゾクゾクするような興奮を感じながら、またしても渚紗の子宮に子種を吹きかける準備をする。

「瑛太さま。ああ、愛しの我が君。どうか末永く渚紗と添い遂げてくださいませ」

乙姫の求愛に、瑛太は浦島太郎同様に、このまま百年をここで過ごしてもいいと思える。

もう竜宮は海には戻らないのだから、例え瑛太が金づちでも問題はない。

差し迫る射精衝動に、夢中で腰を振りながら瑛太は、彼女たちの女陰の中で蠢く触手を想像した。

「ああ、この気持ちよさを鯛やひらめが舞い踊ると表現したのか」

瑛太に合わせて痴れ狂い、腰を振る乙姫の嬌態に見惚れながら、もう何度目かも判らない精を放った。

（了）

※本作品はフィクションです。作品内に登場する
団体、人物、地域等は実在のものとは関係ありません。

ひめごと新生活《しんせいかつ》

〈書き下ろし長編官能小説〉

2020年3月16日初版第一刷発行

著者……………………………………………北條拓人

デザイン………………………………………小林厚二

発行人…………………………………………後藤明信

発行所……………………………………株式会社竹書房

〒102-0072　東京都千代田区飯田橋2－7－3

電　話：03-3264-1576（代表）

03-3234-6301（編集）

竹書房ホームページ　http://www.takeshobo.co.jp

印刷所……………………………中央精版印刷株式会社

定価はカバーに表示してあります。

乱丁・落丁の場合は当社までお問い合わせください。

ISBN978-4-8019-2208-2 C0193